Hafan Deg

Sian Rees

Argraffiad cyntaf: 2015
© testun: Sian Rees 2015

Rhif Llyfr Safonol Rhyngwladol:
978-1-84527-554-9

Cyhoeddwyd gyda chymorth Cyngor Llyfrau Cymru

Dylunio clawr: Sion Ilar

Cyhoeddwyd gan Wasg Carreg Gwalch,
12 Iard yr Orsaf, Llanrwst, Dyffryn Conwy, Cymru LL26 0EH.
Ffôn: 01492 642031
Ffacs: 01492 642502
e-bost: llyfrau@carreg-gwalch.com
lle ar y we: www.carreg-gwalch.com

Argraffwyd a chyhoeddwyd yng Nghymru

HAFAN DEG

Cyflwynaf Hafan Deg *er cof am*

Mam a'm gwnaeth yn Gymraes

Dad a'm dysgodd i garu Rhyl

Taid Rhyl am fy ysbrydoli

Diolch

i fy nheulu am fy nghefnogi dros y misoedd y bu i
bwt o ysgrif yn raddol droi'n nofel

i'r ffrindiau hynny a roddodd gyngor gwerthfawr i mi

i Major Huw Rodge am wybodaeth am hynt Catrawd y

First Rhondda yn y Rhyfel Byd Cyntaf

i Nia Roberts, Gwasg Carreg Gwalch am ei golygu

sensitif a'i hamynedd

Prolog

Camodd dros y rhiniog a thynnu drws y bac y tu ôl iddi. Gwasgodd dafod y glicied haearn dan ei bawd a thynnu'i gwynt ati wrth i'r metel ddisgyn i'w grud gyda chlec. Cwympodd diferyn tew o ddŵr o'r gwter uwchben a glanio ar ei thrwyn. Wrth sychu'i hwyneb gyda'i llaw, trawodd ei hesgid yn lletchwith yn erbyn y bwced glo. Yn reddfol, caeodd ei llygaid yn dynn rhag y clindarddach. Doedd wiw iddi hi anadlu. Na chael ei dal.

Crensiai sindars y llwybr yn fradwrus wrth i'w hesgidiau eu gwasgu'n llwch ond ni chlywai ddim ond rhuthro carlamus y gwaed drwy'i gwythiennau a morthwylio ei chalon. Yng ngolau cynta'r wawr, roedd y stryd mewn trwmgwsg.

Heddiw roedd hi'n ddydd Sul – yr un dydd pan na chenid corn Pwll Elliot, a phan na lenwid y strydoedd â'r afonydd dynol a lifai'n ddyddiol i lawr y tyle ac ymuno'n gefnfor o eneidiau ym mherfeddion Foel Syfiog, a phan na fyddai pob un yn cael ei sgubo i'r dyfnderoedd mewn cawell haearn i wynebu'r peryglon beunyddiol.

'Poli fach.' Synhwyrodd berchennog y llais cyn gweld y dyn yn camu o gysgod drws ei siop, ble bu'n ceisio cynnau sigarét yn ôl golwg y llinynnau tenau o fwg a lithrai o'i ffroenau fel mwydod llwyd. Sisialgosai'i henw fel hisian sarff yn ei chlust. Roedd arogl hen waed yn hongian yn gwmwl o ddillad y cigydd.

'I ble rwyt ti'n mynd mor fore? Y gwely yw lle croten fach bert fel ti.' Roedd ei lais yn fyngus wrth iddo nesáu ati.

Estynnodd ei law i gyffwrdd â'i braich. Camodd Poli'n ôl, ei chorff yn pigo â thrydan dychryn. Snwffiai daeargi bach, milain, ei fferau a'i phecyn dillad. Cododd ei throed i anelu cic ato ond ailfeddyliodd pan hoeliwyd ei holl sylw ar y dryll a orweddai'n ddiog yn ei blyg dros fraich chwith Cecil Jenkins.

'Mae taith hir o'th flaen Poli fach, 'weden i.' Amneidiodd â blaen ei wn at ei phecyn papur llwyd.

'Y? Ôs. Nag ôs. Dim ond ...'

'Wy'n gwpod, bach.' Roedd ei lais fel saim gŵydd. 'Mwstra nawr. Paid â cholli'r trên chwech, er mwyn dyn.' Gollyngodd ei braich ac anelodd ei law am grynder ei phen-ôl ond camodd Poli oddi wrtho gan ddal i syllu ar wên ffiaidd y cigydd; ei ddannedd yn wyn a baril y dryll yn ddwl ym mhelydrau tenau'r haul. Trodd y ferch ar ei sawdl; ei chorff ar dân yn y sicrwydd y byddai'r holl bentrefwyr yn gwybod, toc, bod Poli Bifan yn rhedeg i ffwrdd.

Chwibanodd Cecil Jenkins ar y ci a throdd y ddau lan y llwybr tua'r Foel. Byddai digonedd o gwningod yn pori'r tyfiant glas yn y bore bach fel hyn, er bod brath ias cynta'r hydref i'w deimlo yn yr awel. Paratôdd ei wn gan gau'r ddau hanner at ei gilydd yn glep. Gosododd garn y dryll yn gyfforddus yn erbyn ei ysgwydd gan droi cylch araf ar ei sawdl ac aros.

Meddyliai'n flysiog am resaid o gwningod yn crogi ar far haearn yn ffenest ei siop ben bore trannoeth: eu pawennau bach meddal wedi'u llyffetheirio gan fachau metel a rhuddemau gloyw o waed yn ddisglair ar y blew llyfn. Roedd gweld Poli wedi ei gyffroi'n lân. Ond i ble roedd hi'n rhedeg? Roedd ganddo syniad go lew pam ei bod hi'n mynd, fodd bynnag: cyw yn y popty.

'Damo!' Diflannodd cynffon wen cwningen i ganol tocyn eithin o dan ei drwyn. Roedd Cecil ymhell yn ei atgofion. Bu'n sefyll yn yr union lecyn hwn o'r blaen, un noson loergan ddechrau'r haf, yn gwylio merch John Bifan yn gorwedd ar ei chefn ynghanol y rhedyn. Ond y bore hwn, yn ei freuddwydion, fo, Cecil, oedd ei chariad ...

Y noson honno, fisoedd yn ôl, fe'i gwelsai yn gwingo fel mwydyn ar bin, ei dwylo'n crafangio'r pridd o'i chwmpas a'r dyn pryd tywyll yn pwyso drosti. Y sŵn rhochian a ddenodd Cecil at y rhedyn yn y lle cyntaf. Mochyn daear, meddyliodd; broch yn snwffian am bryfed yn y pridd meddal. Symudodd yn araf a distaw a gwahanu'r tyfiant â'i ddwylo. Cynhaliodd yr olygfa ogoneddus ef lawer noson ers hynny, a Ffani yn methu deall beth a wnaethai i'w gŵr deddfol fod mor farus-nwydus wedi chwarter canrif hir o briodas; ugain ohonynt yn hesb a digariad.

O'r cwm islaw, clywodd Cecil y gerbydres yn gadael yr orsaf gan gario Poli a'i phecyn papur llwyd o'r pentref.

Pennod 1

Cecil Jenkins – 1898

O'r diwedd roedd o'n sefyll ar y platfform prysur. Disgynnodd rhyw hanner dwsin o ddynion wedi'u gwisgo'n debyg iddo fo oddi ar y trên, pob un â chrafat gwyn wedi'i stwffio i'w siaced a chap brethyn ar ei gorun. Llithrai gweithwyr yr orsaf a'r teithwyr eraill o'i gwmpas fel ysbrydion drwy gymylau o ager gwyn a llanwyd Cecil â'r cyffro a deimlasai ers y dydd Mercher cynt pan glywodd Annie Benjamin yn sgwrsio â'i chymdoges, Beca Dafis, wrth gownter ei siop.

'Ar y trên un ar ddeg fyddan nhw'n mynd?'

'Ie. Mae'r ras gynta am ddou. Fe geiff Joni ddicon o amser i lenwi'i fola 'da chwrw a ffagots twym cyn bratu cyflog wthnos ar y ceffyle.'

Chwarddodd y ddwy. Gwrandawodd Cecil wrth bwyso golwythion brasterog o wddw hen ddafad.

'Dim ond 'u bod nhw ddim yn manteisio'n llawn ar bopeth sy' 'da'r Grangetown 'na i'w gynnig i ddyn'on heb 'u gwragedd.' Roedd min ar lais Annie.

'Os caiff Joni'i ffordd 'da rhyw strympen fach, o leia fe gaf inne lonydd am ddiwyrnod ne' ddou wedyn.' Ochneidiodd wrth godi'r crwt oedd yn ceisio dringo lan 'i sgert, a daeth gwich y babi lleiaf o blygion y siôl yn ei chesail. Gwthiodd hwnnw ddwrn pinc i gydio mewn cudyn o'i gwallt. 'Well i fi fynd â'r ddou hyn gartre. Ma'n nhw'n werth y byd ... withe.'

Gwenodd Annie'n flinedig ar Beca a thalu ei cheiniogau i Cecil am hanner pwys o afu mochyn ac am asgwrn i'w ferwi yn y cawl. Gadawodd y siop yn sŵn y ddau fach yn udo am y gorau.

'Rasys Trelai?' holodd Cecil yn ddi-hid wrth bwyso treip i Beca.

'Ie, gwaetha'r modd. Ro'dd Annie a finne 'di cytuno i'r ddou bartner gel diwyrnod i'r brenin ddydd Llun nesa. Musus Mabon's Day,' ychwanegodd.

'Wrth gwrs.' Er gwaetha gwên Beca, teimlai Cecil yn ffyrnig tuag ati am geisio'i ddysgu e, o bawb, am arferion y coliars. Oedd hi'n meddwl nad oedd e'n deall fod gwraig Mabon, aelod seneddol y Rhondda a chyfaill triw i achos y glowyr, wedi pwyso ar ei gŵr i sicrhau bod gweithwyr y pyllau'n cael seibiant ar ddydd Llun cyntaf bob mis? Teimlai Cecil braidd yn genfigennus. Byddai'n rhaid iddo fe agor ei siop bob dydd, ac eithrio'r Sul wrth gwrs, gan nad oedd neb i ofalu am ei fuddiannau nac i rannu'r cyfrifoldeb. Taflodd y cig ar y cownter yn ei dymer. Camodd Beca wysg ei chefn mcwn ofn.

'Faint sy' arno fi, Mr Jenkins?'

'Grot a dime.' Difarodd Cecil iddo fod mor siort. Lledodd ei wefusau tenau mewn ymgais i wenu'n garedig ar groten fach Beca oedd yn sbecian yn swil arno rownd cornel y cownter, ond mae'n rhaid nad oedd wedi ymarfer digon ar y grefft oherwydd trodd ymylon ceg yr un fach i lawr a llanwodd y llygaid tlws â dagrau. Allai e ddim fforddio colli unrhyw fusnes, er mai toriadau rhad ac esgyrn oedd yn mynd â bryd cwsmeriaid fel Beca.

'Gobitho y caiff eich gŵr ddiwyrnod wrth 'i fodd. Mae

e'n lwcus i gael gwraig mor ffein,' gwenieithodd Cecil, a'r wên fain heb gyrraedd ei lygaid. 'Cymrwch hwn i wneud cawl i'r plantos.' Lapiodd asgwrn mewn darn o bapur newydd a'i stwffio i fasged Beca. Roedd ei gwerthfawrogiad a'i diolch yn druenus – byddai ci Cecil yn cael esgyrn â mwy o gig arnyn nhw na hwn.

Siaradai Beca fel pwll y môr. 'Wn i ddim pam gydsynies i chwaith. Un whit-what yw Lewis ar y gore. 'Sdim digon o geinoge 'da fi i fwydo'r cryts os na chaf i afael ar 'i bae e cyn iddo fe 'i lyncu e i gyd sha'r Railway ar nos Wener. Fe fydd yn conan os na fydd cig ar y ford acha ddydd Sul.' Crafodd Beca ei harian prin at ei gilydd a'u hestyn dros y cownter i Cecil, a oedd erbyn hynny wedi cael llond bol ar ei gwsmer cegog. Bob dydd roedd rhesi o ferched yn prynu yn ei siop ac yn ddieithriad, byddai pob un yn lladd ar ei gŵr, yn grwgnach am ddiffyg arian ac am gael gormod o blant. Eitha gwaith iddyn nhw hefyd. Byddai'n well iddyn nhw gau eu coesau yn lle planta'n ddi-baid. Ffieiddiai atyn nhw a'u bronnau mawr, meddal.

'Cin'o!' Daeth llais main Ffani o'r gegin. Wrth i Cecil droi'r arwydd ar y drws i 'Closed' roedd yn gwybod ble y byddai e'n mynd ddydd Llun nesaf. Roedd yntau'n haeddu dipyn o seibiant a hwyl, a phwy a ŵyr na fyddai'n dod yn ôl â mwy nag oedd ganddo'n mynd?

Y tu allan i'r orsaf, ar ôl cael tyllu'i docyn, dilynodd Cecil y ddau ffrind o bell. Roedd Joni Benjamin a Lewis Dafis fel cŵn ifanc, meddyliodd Cecil, yn gwthio'i gilydd yn chwareus ac yn gafael am ysgwyddau'r naill a'r llall. Chwarddodd y ddau yn afreolus ar ryw jôc breifat cyn diflannu i dywyllwch y dafarn agosaf. Chwarae teg iddyn nhw. Roedd dynion oedd yn gweithio oriau mor hir dan ddaear yn haeddu cael rhyddid ambell waith, waeth beth ddywedai eu gwragedd yn eu tai clyd drwy'r dydd, a dim gwell i'w wneud na pharatoi bwyd gyda'r nos i'w gwŷr llwglyd a berwi a llenwi'r bàth tun â dŵr poeth erbyn pan ddeuent adref. Meddyliodd am Ffani'n gorffwyso ar gadair gyfforddus o flaen y tân bob prynhawn yn brodio neu'n cywiro sannau ac yntau, druan bach, yng nghefn rhewllyd ei siop yn llifio a thorri cig, yn gwasgu porc drwy'r peiriant selsig neu'n crafu pen mochyn i wneud brôn nes bod ei fysedd yn dalpiau cochion amrwd. Edrychodd ar y creithiau mân oedd yn criscroesi dros ei ddwylo fel cynrhon bach gwynion a ddangosai ôl blynyddoedd o waith caled. Pam tybed nad oedd croen dwylo gwragedd cwynfanllyd y pentre'n feddal fel bysedd claerwyn Ffani?

Sylweddolodd yn sydyn nad oedd wedi cymryd sylw o'r llwybr y cerddodd ar ei hyd, ac edrychodd o'i gwmpas yn hurt. Roedd y stryd hon yn un hir a dieithr iddo, yn llawn siopau ac enwau'r perchnogion uwchben eu drysau: Thomas James y pobydd; crydd o'r enw William Davies a Mr Mecham y cigydd. Aeth chwilfrydedd Cecil yn drech nag ef a chroesodd y ffordd i weld pa gigoedd oedd yn cael eu harddangos yn ffenest siop y bwtsiar. Ceisiodd osgoi'r pyllau dŵr a ddisgleiriai fel darnau gwydr ar garthen wlân yn haul braf ganol dydd. Roedd yr arogl afiach a ddeilliai o'r pyllau, fodd bynnag, yn brawf nad dŵr glân mohono. Ych a fi. Synhwyrodd yr awyr yn drwynsur: dyma'r un gwynt ag a ddeuai o strydoedd y glowyr tlawd ar waelod y tyle gartref. Cododd ei nishad at ei drwyn a syllu ar ffenest siop y cigydd. Hm. Dim ond ysgyfarnog esgyrnog, dwy gwningen a phâr tila o sguthanod. Roedd hi'n amlwg nad oedd safon gan y cigydd ceiniog a dimau yma na chan ei gwsmeriaid chwaith. Trodd ar ei sawdl a cherddodd yn ei flaen gan geisio peidio ag anadlu'n rhy ddwfn. Roedd crwt mewn pais racslyd yn gwthio darn o ffon i'r llaid meddal ar yr heol ac yna'n ei drosglwyddo i garreg y palmant ble roedd yr artist bach yn darlunio anifail tew a chanddo res o goesau a chynffon enfawr. Roedd y plentyn yn noeth o'i ganol i lawr; ei goesau'n fawlyd a'r llaid meddal yn ymwthio'n frown fel triagl rhwng bodiau'i draed.

Pa fath o bobl oedd yn byw yn y Gehenna yma? Byddai ganddo straeon anfarwol i'w hadrodd wrth Ffani. Gallai ei gweld yn llygad ei feddwl: ei gwefusau wedi eu gwasgu'n llinell galed a'i llygaid bach sarfflyd yn rhythu'n ddiymateb pan âi i hwyl wrth adrodd ei stori. Tynnai Ffani ei gwallt brith yn ôl yn dynn bob amser a'i glymu'n dorch daclus ar gefn ei phen, a chan mai prin y caniatâi hyn i'w hamrannau gau yn gyfangwbl, gwnâi hynny i'w llygaid ymddangos hyd yn oed yn fwy tebyg i rai neidr. Edrychai ymlaen at ei swper heno: cawl wedi'i wneud â'i gig eidion gorau, a setlo wedyn o flaen y tân braf yn y parlwr a chael holl sylw ei gynulleidfa edmygus i wrando ar hanes ei ddiwrnod.

Fu Cecil erioed mewn lle tebyg i'r Sodom hwn o'r blaen. Safai merched ar drothwy bob drws yn clebran a'u cenfaint drewllyd o blant yn rhowlio'n hanner noeth yn y baw. Ble roedd eu gwŷr? Yn gweithio, mae'n debyg, yn halio rhaffau ac angorion trymion llongau masnach o bob rhan o'r byd ac yn dadlwytho'u llwythi gwerthfawr: gleiniau lliwgar, cistiau gorlawn o aur, sbeisys persawrus a sidan main. Ysai trwyn tenau Cecil am gael ymwthio i fywydau'r gwehilion hyn. I brofi peth o fryntni eu bywydau di-werth. Safodd yn gegrwth ynghanol y ffordd wrth sylwi bod un o'r merched yn tynnu ar getyn clai. Chwythodd y ferch ffrwd o fwg gwyn drwy'i ffroenau i'w gyfeiriad a syllu'n feiddgar arno. Roedd ei gwallt yn ddu fel adenydd brân a'i chroen yr un lliw â rhedyn crin. Poethodd Cecil drwyddo. Prysurodd yn ei flaen. Welodd e ddim o'r garreg yn hedfan drwy'r awyr tuag ato, nac ychwaith y taflwr. Ffrwydrodd poen fel fflam yn ddisymwth ar ei arlais nes ei daflu ar ei hyd i'r ffordd leidiog. Trawodd ei ben ymyl y palmant gyda chlec a gododd gyfog arno. Stryffagliodd ar ei draed ac ymbalfalodd am ei nishad boced. Gwasgodd y defnydd yn erbyn ochr ei dalcen. Llithrodd i'r chwith yn sydyn a gafael mewn postyn golau nwy cyfagos. Roedd ei hances wen bellach yn goch a'i ben yn troi.

'Hwn yw'r dihiryn. Y diawl bach. Fe wna'th!' Trotiai dynes fach gron fel sachaid llawn o flawd mewn ffedog wen tuag ato yn tynnu crwt bach â golwg boenus ar ei wyneb ar ei hôl gerfydd ei glust. Roedd afon o ddagrau wedi torri trwy'r baw ar ei fochau, ond sylwodd Cecil mai du hefyd oedd y croen oddi tan y dagrau. 'Beth s'da ti i'w weud w'th y gentleman? Beth s'da ti i'w weud? Y? Mm?' Gyda phob cwestiwn rhoddodd dro pellach yng nghlust y bychan a oedd erbyn hyn yn gwichian fel mochyn. Ymwthiai ffon dafl bren o boced ei drwser.

'Sori, mister,' sibrydodd, ei wyneb wedi'i ystumio gan boen.

'Beth arall?' Tro arall i'r glust fflamgoch. Roedd y crwt erbyn hyn ar flaenau'i draed a'i freichiau'n chwifio'n wyllt.

'Damwain oedd hi. Sa' i damed gwa'th.' Rhyfeddodd Cecil at ei ymateb mawrfrydig ei hun. Fel arfer byddai wedi sicrhau bod y crwt yn cael crasfa dda ond roedd sgrechian croch y bachgen wedi tynnu pobl o'u tai ac o bell gwelai glamp o ddyn mawr croenddu'n llamu i lawr y stryd tuag ato a chanddo gyhyrau fel bocsiwr ffair. Llanwyd Cecil â'r posibilrwydd mai tad y bachgen oedd hwn ac ofnai ganlyniadau'r cyfarfyddiad.

Yn anfoddog, gollyngodd y wraig glust y crwt a rhedodd hwnnw am loches i ddrws siop Cosslett y teiliwr i fwytho'i glust dyner.

'Wel. Ry'ch chi'n rhy garedig. Tase fe'n fab i fi, belt ar draws 'i gefen, gwely cynnar a dim swper gele fe.'

Trodd Cecil i fynd gan fwmial 'dim o gwbwl' a 'popeth yn iawn' dan ei wynt. Hyd yn hyn doedd ei ddiwrnod ddim yn ymdebygu i ddydd unrhyw frenin. Anelodd ar draws yr heol eto, gan obeithio y byddai'r ffordd yn ei arwain at gae rasio Trelai, pan deimlodd fraich nerthol yn cydio am ei ysgwydd fel feis. Trodd i wynebu'r dyn croenddu mwyaf a welodd erioed. Llyncodd Cecil ei boer.

Eisteddai Cecil a'i ffrind newydd, Jim, ar bwys tân braf yng nghornel tafarn y Cornwall yn sipian brandi. Allai Jim ddim ymddiheuro digon am gamwedd ei fab, a phan welodd y clwy gwaedlyd ar dalcen Cecil a sylwi ar ei wedd lwydaidd, penderfynodd mai ymgeledd y dafarn agosaf oedd yr unig ateb. Gwyddai pawb am rym daionus brandi at sioc. Wedi iddo roi Cecil i eistedd, daethai Jim yn ei ôl o'r bar gyda chadach glân a bowlen o ddŵr cynnes i olchi'r briw yn ogystal â dau wydraid o'r hylif euraid. Sbonciodd dagrau i lygaid y cigydd mewn ymateb i'r cyffyrddiad â'i dalcen, ond roedd dwylo'r cawr yn rhyfeddol o feddal ac erbyn iddo orffen doedd wyneb Cecil ddim yn teimlo mor chwyddedig a phoenus. Dyma ddiwrnod llawn profiadau hynod, meddyliodd Cecil. Edrychodd yn gegrwth ar y llongwyr tramor mewn lifrai du, pob un ag enw'i long mewn llythrennau dieithr ar ei het gron. Safent â gwydrau cwrw yn eu dwylo, yn bregliach a gwenu. Rwsiaid oedden nhw, yn ôl Jim. Gwrandawodd mewn rhyfeddod ar eu cleber annealladwy gan synnu sut roedd pob cenedl yn swnio'r un peth pan oedden nhw'n chwerthin. Daliodd Cecil i rythu arnynt nes iddo sylweddoli fod Jim yn siarad yn daer ag ef, a'i lygaid mawr wedi'u hoelio ar Cecil.

Egluro roedd Jim iddo gyrraedd dociau Caerdydd o Somalia ar long fasnach, a sut y cyfarfu â merch leol oedd yn gweithio yn siop ei thad, a'i chael yn feichiog ar eiliad wan o angerdd chwilboeth. A chan ei fod yn Gristion ers iddo fynychu ysgol Sul y cenhadon ym Mogadishu, a dysgu ysgrifennu a darllen yno, ei fod wedi priodi Prudence yng Nghapel y Bedyddwyr gerllaw. Roedden nhw'n cadw'r siop ers marwolaeth ei dad yng nghyfraith. Jamil oedd ei enw iawn, ond dechreuodd ei gydweithwyr lawr yn y dociau ei alw'n Jim, ac felly y bu. Cymerodd Jim lwnc synfyfyriol o'i frandi.

Mawredd. Moga beth ddwedodd Jim? A beth ddwedodd e oedd ei enw yn Somalia? Anwariaid o Affrica'n mynd i'r capel ac yn cadw siop? Beth nesa? Storiodd yr wybodaeth ddiweddaraf yma er mwyn ei chyflwyno i glustiau eiddgar ei wraig. Byddai hi'n siŵr o ddangos ei diolchgarwch iddo'n amlach petai ganddo stôr o'r fath chwedlau rhyfeddol i'w rhannu. Haeddai wobr rhwng y cynfasau heno, heb os.

Ond roedd Jim yn siarad eto: ceisio lladd colomen â charreg roedd Seimon, ei fab, esboniodd ymhellach. Byddai Mecham, y cigydd, yn rhoi ffyrling bob un i'r cryts lleol am sguthan ffresh. Fodd bynnag, ni châi Seimon swper heno a byddai'n gorfod glanhau esgidiau pawb yn ogystal â dysgu adnodau ychwanegol cyn oedfa'r bore Sul nesa. Roedd ganddo ef a Prudence wyth o blant erbyn hyn, a phob un ohonyn nhw'n meddu ar enwau o'r Hen Destament, sef Seimon, Rachel, Esther, Eseciel, Heseceia, Naomi a Ruth yr efeilliaid, ac Amos bach. Cyn bo hir, byddai ceg arall i'w bwydo, ychwanegodd gyda gwên wen, lydan.

Hoffai Cecil petai wedi medru cau ei lygaid. Siaradai Jim fel melin glap mewn llais tywyll, llyfn, am ei fwriad gwreiddiol sef gweithio yn nociau Caerdydd am flwyddyn neu ddwy er mwyn ennill digon o arian i ddychwelyd adref fel y gallai ei deulu brynu buwch neu afr neu ddwy i'w fferm fechan. Ond fel y digwyddodd pethau, anfonodd yr arian i'w rieni gydag Ahmed, ei ffrind gorau, pan hwyliodd hwnnw'n ôl. Roedd Ahmed yn hiraethu am gynhesrwydd yr haul – a ph'run bynnag, roedd ei rieni wedi trefnu iddo briodi'i gyfnither pan fyddai hi'n dair ar ddeg felly roedd yn rhaid iddo fynd yn ei ôl.

Priodi'i g'nither? Priodi croten oedd prin ma's o'i chewynne? Pa anfoesoldeb pellach oedd yn y ddinas ddrygionus yma? Llyncodd Cecil dalp o'i frandi a'i deimlo'n pylu'r gwayw yn ei ben a'i gynhesu drwyddo.

'Pymtheng mlynedd sydd ers i mi weld Mam,' meddai

Jim yn dawel wrth weddillion y ddiod yng ngwaelod ei wydr. Syllodd yn hir fel pe bai'n edrych i ddrych hud. Anadlodd Cecil ei ryddhad o gael tawelwch am ennyd ac edrychodd o'i gwmpas yn fanylach.

Merch mewn tafarn! Erioed! Ar lin un o'r morwyr tramor, eisteddai merch â'i chefn ato a'i gwallt golau'n llifo'n donnau i lawr ccfn ei gwisg. Roedd ei braich am wddw'r llongwr a chwarddai'r ddau'n braf.

'Putain. Un o blant syrthiedig Duw.' Plygodd Jim ymlaen a sibrwd yn gyfrinachol yng nghlust ei gyfaill newydd. Roedd Cecil yn llygaid ac yn glustiau i gyd. 'Mae'r ardal hon yn llawn o rai fel honna. Mae 'na dai ymhob stryd ble ma' digon o fcrched sy'n gwasanaethu dynion yn y ffordd yna.' Ynganodd y geiriau olaf yn araf i sicrhau bod Cecil yn deall. Ond roedd y cigydd yn deall yn berffaith, a'i ddwylo a'i wyneb bellach yn chwys stccs. Plygodd ymlaen i glywed mwy.

'Ma'n nhw'n rhentu 'stafelloedd yn y tai ar y stryd 'yn. Tai lojio maen nhw'n 'u galw nhw ond dy'n nhw ddim gwell na hwrdai.' Poerodd Jim y gair.

Yn wir, roedd un o gymdogion Jim wedi'i garcharu am fis yr wythnos flaenorol am iddo gael ei gyhuddo o gadw puteindy. Bu Inspector Langley o heddlu Trebiwt yn gwylio'r tŷ o hirbell am fis ac yn ysgrifennu yn ei nodlyfr enwau pawb a aethai i mewn iddo a phawb a ddaethai allan. Roedd llawer o wahanol ddynion wedi cyrraedd a gadael ond dim ond dwy ferch, sef Bella Powcr a Jane Thomas. Doedd dim tystiolaeth uniongyrchol, fodd bynnag, mai talu am stafell i buteinio ynddi roedd Bella na'i chyfeilles, a bu'r ddwy'n ffodus i osgoi carchar. Ond am yr eildro carcharwyd Charles James, landlord y tŷ, am fis, am hyrwyddo puteindra.

Doedd dim poen o gwbl yng nghorff Cecil erbyn hyn, ond teimlai wres mawr yn cau amdano, drwyddo a throsto, fel pe bai'n berwi'n dawel dan glawr sosban wrth i Jim barhau â'i loffion blasus am drythyllwch pechadurus ei dref fabwysiedig, a wnâi i fywydau Jim, Prudence a'u teulu ddisgleirio fel pelydrau o oleuni glân drwy fwg brwnt.

'Mae'r Parchedig Abel Thomas o Benarth yn croesi'r bae bob dydd i ddociau Caerdydd mewn cwch hwylio bach,' meddai. 'Gweinidogaethu'n y dociau mae e er mwyn gofalu am eneidiau'r llongwyr druan sy'n cael eu denu gan y merched anllad yma. Druan ohonyn nhw, ma'n nhw mor bell o gartref.' Crynodd llais Jim. Tynnodd ei law yn gyflym dros y niwl yn ei lygaid a chliriodd ei wddw. 'Mae Cenhadon Tref Caerdydd yn ymlafnio i achub y merched syrthiedig yma, sy'n dal yn blant i Dduw, fel rydym ni i gyd.' Gwenodd yn gysurol ar y cigydd cegrwth.

'Sut mae'r merched yn cael eu cosbi?' Sibrwd roedd Cecil bellach. Gloywodd ei lygaid bychain a phlygodd ymlaen i flasu enllyn arall. Dyrchafodd Jim ei lygaid a'i freichiau tua'r nenfwd fyglyd.

'O Dad, maddau iddynt,' bloeddiodd, 'canys ni wyddant pa beth y maent yn ei wneuthur.' Gwasgodd fraich Cecil. 'O na. Nid eu cosbi sy' angen, ond eu troi oddi ar lwybr llydan y pechadurus tuag at lwybr cul yr edifeiriol a'r glân eu buchedd.' Troesai'r morwyr tramor i edrych i gyfeiriad y pâr anghymharus ger y tân. Ceisiodd Cecil guddio'i anesmwythyd drwy astudio'r llu sgriffiadau ar wyneb y bwrdd. Roedd Jim yn mynd i hwyl. 'Ca's un ar ddeg Jezebel fel honna 'u hachub llynedd,' meddai, gan amneidio gyda'i wydr gwag i gyfeiriad y criw llongwyr a'r ferch oedd yn ganolbwynt eu sylw.

'Beth yw hanes yr un ar ddeg merch erbyn hyn?' Trodd Cecil ei sylw'n ôl at Jim.

'Ca's saith 'u hanfon i garchar.' Eisteddodd Cecil yn ôl mewn syndod. Chawson nhw mo'u cosbi yn ôl Jim gynne. Taflu genethod tlws fel'na i gelloedd llawn o ynfytion a llofruddion? Prin y gallai gredu'r peth.

'Ma' un yn gw'itho yng nghegin teulu cyfoethog ym Mhen-y-Lan,' meddai Jim wedyn. Nodiodd Cecil a Jim eu cymeradwyaeth ar ei gilydd.

'A'r dair arall?' holodd Cecil.

Roedd pen mawr Jim yn ei ddwylo a daeth y siom yn ei lais o waelod ei esgidiau.

'Ma'n nhw'n golledig o hyd ac yn parhau i drigo mewn aflendid. Does ganddyn nhw ddim moesau na chydwybod, fel y gwelwch chi.' Amneidiodd ei ben yn awgrymog tua'r ddau oedd ar fin codi ar eu traed i adael y dafarn. Gafaelodd y llongwr o Rwsia yn llaw y ferch gwallt golau a'i thynnu rhwng y byrddau llawn tua'r drws. Wrth iddi basio bwrdd Cecil a Jim, trodd ato'n swil.

'Shw' mae, Mr Jenkins?'

Tagodd Cecil ar ei frandi a bu bron i Jim ei daflu oddi ar ei gadair wrth guro'i gefn. Sbonciodd dŵr o'i lygaid a'i drwyn a brandi a phoer o'i geg.

'Ffrind i chi?' holodd Jim â rhywfaint o siom yn llenwi ei lygaid caredig.

'Y ... nage. Merch o'r pentre. Ddiflannodd hi ryw dair blynedd yn ôl. Doedd neb yn gwpod ble'r a'th hi.'

'Wel. Ry'ch chi'n gwybod nawr.' Edrychodd y ddau ddyn ar ei gilydd ar draws y bwrdd. Un mewn cydymdeimlad ag ing enaid colledig arall a'r llall â cholsyn ei gyfrinach yn llosgi'n gynnes yn ei grombil.

Trawodd cloc y dafarn ddau o'r gloch. Drato. Roedd Cecil wedi colli'r ras gyntaf. Chwiliodd o'i gwmpas am ei bapur newydd ond doedd dim golwg ohono. Mwy na thebyg ei fod yn un pwdin meddal ynghanol llaid y stryd ofnadwy. Dewisodd ei geffylau ar gyfer pob ras ar y daith i lawr o Dredegar Newydd ar y trên. Royal Oak ar gyfer y ras gyntaf, Sleepy Vale oedd ei ddewis yn y nesaf a Frances II at y ras dri o'r gloch. Frances oedd enw bedydd Ffani, a thybiai y byddai'n ennill ei ffafr ymhellach pe bai'r gaseg honno'n ennill iddo swllt neu ddau. Ffarweliodd â Jim a fu, chwarae teg, yn hynod garedig ac yn annisgwyl o foesgar er mai dyn du oedd o.

Trodd y gornel gan ddilyn cyfarwyddiadau Jim, a sylweddoli fod ganddo ugain munud dda o waith cerdded cyn cyrraedd y trac rasio. Efallai ei fod e, fel yr awgrymodd Jim, wedi disgyn oddi ar y trên yn rhy fuan. Byddai wedyn wedi arbed llawer o waith cerdded ac, yn wyneb ei anturiaethau dros y ddwyawr ddiwethaf, llond côl o drafferth iddo'i hun pe na bai wedi dilyn y ddau ffŵl ifanc, Joni a Lewis.

'Mr Jenkins.' Roedd hi'n sefyll reit wrth ei ymyl.

'Poli.' Fu hi ddim yn hir wrth ei busnes, meddyliodd.

'Newch chi rwbeth i fi?'

Gwahoddiad gan Poli Bifan. Oedd hi eisiau ychydig o fusnes ganddo fe? Teimlodd gynnwrf yn codi o'i draed ac yn lledu ar draws gwaelod ei fol. Estynnodd i gyffwrdd â'i gwallt. Tynnodd Poli ei hun yn ôl yn ddiamynedd gyda rhywbeth tebyg i ffieidd-dod ar ei hwyneb wrth iddi sawru hen waed a chig o'i gwmpas, yn union fel y tro diwethaf y bu hi mor agos â hyn at yr hen lyffant anghynnes. Ond heddiw roedd Cecil Jenkins fel goleudy mewn tymestl iddi.

'Ewch chi â hwn at 'i dad?'

Yn gafael yn ei llaw roedd bachgen bach a chanddo wallt brown golau a dau lygad mawr llwydlas. Pais ddi-siâp a fu unwaith yn rhyw liw llwyd oedd amdano, a gwasgai fodiau ei draed noeth yn ôl a mlaen ym maw y ffordd wrth syllu ar Cecil ac yn ôl ar ei fam.

'Beth?' Roedd gên Cecil ar ei frest a'i lygaid fel soseri. Clywai ei waed yn rhacadru drwy'i glustiau.

'Alla i ddim 'i garco fe. Ma' busnes yn gwella a does 'da fi ddim amser i ofalu am grwt.' Gostyngodd ei llygaid. 'Ma' sboner 'da fi hefyd,' ychwanegodd yn swil. 'Smo fe'n gwpod am hwn.' Rhwbiodd ben yr un bach wrth siarad. 'Smo i'n mynd i weud wrtho fe, chwel, Mr Jenkins – ma' fe moyn 'y mhrioti i. Sneb moyn stwff second 'and, ôs e? Wy'n gwpod nad 'ma'r peth iawn i neud, ond ma' tad gyda fe. Ych chi'n gwpod pwy yw e hefyd, on'd ych chi?' gorffennodd yn dawel, gyhuddgar.

Felly roedd hi wedi'i weld yn sbecian arni drwy'r eithin a'r rhedyn flynyddoedd yn ôl, y gyda'r nos braf honno ar y Foel. Doedd dim diben iddo wadu.

'Ond mae e'n briod!' Daethai'r geiriau o geg Cecil cyn iddo lwyddo i frathu'i dafod. Clywsai Ffani'n dweud bod Alfred wedi priodi merch o'r Gelli o'r enw Miss Pritchard ers dros ddwy flynedd. Bu hi yn ei siop ambell dro – cwsmer cwrtais a pharchus, yn cario basged ar ei braich a'i Chymraeg yn loyw fel nant a'i gwên yn gynnes fel heulwen. Ond gwyddai Cecil nad dyma'r amser i freuddwydio ...

'Plis cymrwch e, Mr Jenkins. Dwedwch wrth 'i dad y dof i'w ôl e pan gaf i ddicon o arian i roi cartre parchus iddo fe.'

'Ond beth am dy rieni? Allan nhw mo'i fagu e?' Roedd y plentyn bellach yn nadu ac yn sychu'i drwyn brwnt yn sgert ei fam. Llanwodd llygaid Poli hefyd a syrthiodd deigryn crwn, disglair oddi ar flaen ei gên ar ei mynwes. Cafodd Cecil gryn drafferth i'w rwystro'i hun rhag sychu'r llygaid gleision â'i fys a lapio'r ferch yn ei freichiau.

'Ma'n nhw 'di cymryd mab fy whâr i'w fagu. Allan nhw ddim ffwrdo cadw f'un bach i hefyd.'

Oedd. Roedd Cecil wedi deall bod plentyn newydd yn nheulu John Bifan. Bastard bach arall. Sut fath o rieni oedd Margaret a'i gŵr na fedren nhw gadw tipyn o drefn ar eu merched tinboeth?

'Mae'n rhaid i chi'n helpu i.' Roedd taerineb Poli, ynghyd â'i llygaid glas, fel cannwyll yn datleth yr iâ o gwmpas ei galon. 'Lwcus i fi'ch gweld chi heddi – bydden i 'di gorfod mynd â fe i'r wyrcws fory.'

'Y wyrcws?' Gwyddai Cecil yn iawn sut leoedd oedd rheiny ac mai ysgymun cymdeithas oedd eu deiliaid; tlodion wedi eu taflu eu hunain ar drugaredd y plwy. Cofiai hanes Emily Evans, gweddw ifanc a'i mab hanner-pan, yn gorfod mynd i dloty Glyn Ebwy wedi i'w gŵr fynd i'r carchar. Roedd hwnnw wedi gwthio potel gwrw wedi'i thorri i wyneb Morris Cohen, yr Iddew, yn y Railway ryw nos Wener, am iddo awgrymu mai canlyniad llosgach oedd geni mab simpil Emily. Ac wedyn dyna blant teulu'r Beddoes lan y cwm – gadawyd y pedwar ohonyn nhw'n amddifad pan fu farw eu rhieni o'r diciâu o fewn wythnos i'w gilydd. Bu'r pethau bach fel cenawon gwyllt yn chwilota a begera am fwyd am bythefnos cyn i'r hynaf, merch dair ar ddeg oed o'r enw Loti, lusgo'i thri brawd bach gyda hi a chnocio ar ddrws Wyrcws Georgetown, Bedwellte. Nid oedd Cecil eisiau ystyried beth âi ymlaen y tu ôl i'r pyrth cadarn, ond gwyddai na welai Loti mo'i brodyr eto wedi iddyn nhw ill pedwar groesi'r trothwy ac i folltau heyrn y dorau trymion lithro i'w lle. Doedd e ddim yn lle i blentyn bach heb ei fam. Edrychodd i lawr ar y crwt truenus oedd yn snwffian a nadu bob yn ail.

'Byrti bach yw 'i enw fe. A dyma'i bethe fe.' Stwffiodd Poli becyn mewn papur llwyd i freichiau diymadferth Cecil, datglymodd ei hun oddi wrth y plentyn anhapus a rhedodd i lawr lôn gefn a arweiniai i Dduw a ŵyr ble. Pylodd sŵn ei thraed wrth iddi bellhau.

Safodd Cecil a'r plentyn yn gwrando ac yn gwylio am eiliadau maith yn y gobaith y cynyddai sŵn y traed ac y deuai Poli'n ôl drachefn, a chymryd ei mab i'w breichiau a dagrau edifeirwch yn gwlychu'r rhosod ar ei gruddiau.

'Mama?' Edrychodd y crwt ar Cecil, ac am unwaith ymdeimlai ag ing bod dynol arall. Estynnodd ei law i'r bychan.

'Dere Byrti. Ewn ni i whilo am dy dad.'

Cerddodd y cigydd a'r bychan ar hyd yr un ffordd ag y daethai Cecil ar ei hyd prin ddwyawr ynghynt. Daliai'r bachgen tin-noeth i arlunio ar fin y ffordd gyda ffon a baw tra sylwodd Cecil ar yr un ferch walltddu ag a welodd ynghynt yn hebrwng gŵr byr, boldew o berfeddion ei thŷ. Tasgodd y dyn heibio i Cecil a Byrti gan gadw'i olygon euog ar y llawr a gwasgu'i het galed yn dynn ar ei ben. Crechwenodd y ferch ar Cecil a wincio'n awgrymog arno. Cydiodd y cigydd yn dynnach yn llaw Byrti a phrysurodd y ddau heibio iddi. Allai o ddim ildio i swynion merched cymwynasgar fel y rhain. Wedi'r cwbl, roedd e ar neges bwysig. Dyma'i gyfle i fod yn arwr.

'Twên!' Roedd y bychan yn dechrau cynhyrfu, a'i goesau byrion yn cyflymu wrth i'r ddau agosáu at yr orsaf. Troesant fel hwyliau melin wynt a bu rhaid i Cecil ymestyn ei gam. Pan arafodd yr anghenfil du wrth y platfform, ei simne'n chwydfa o fwg ac ager a sêr disglair yn gwreichioni o'r olwynion, bu'n rhaid i Cecil gydio am ganol Byrti a'i godi rhag iddo redeg at yr injan a neidio dros ymyl y platfform i'w gyffwrdd.

'Bwyd twên,' meddai gan bwyntio â'i fraich at y taniwr oedd yn rhawio llwythi o lo gloyw i berfedd y ffwrnais eirias. Roedd llygaid y crwt yn pefrio gyda chwilfrydedd.

'Dere, Byrti bach. Mae'r trên yn barod i gychwyn.' Ni syflodd Byrti. Gafaelodd Cecil amdano eto a chamodd i'r cerbyd gan cario'r plentyn a'r pecyn papur llwyd. Sgrechiai Byrti erbyn hyn. Roedd dweud 'hisht' yn methu â'i dawelu fel ag yr oedd ysgwyd bys yn fygythiol o flaen ei drwyn llysnafeddog. Plannodd Cecil y plentyn rhyngddo a'r ffenest ac yn wyrthiol, pan gychwynnodd y trên gydag ochenaid anferth, tawodd y llefain a llyncwyd y dagrau. Syllai Byrti drwy'r ffenest ar y coed, y dref, yr afon, y caeau, ac anadlodd Cecil ei ddiolchgarwch. Gwasgodd y bysedd bach brwnt ar niwl ei anadl ar y gwydr fel petai'n ceisio cydio yn y coed a'r blodau a wibiai heibio yn stremp amryliw. Fodd bynnag, ni allai Cecil fwynhau'r daith. Doedd ganddo ddim amser i ymlacio a daeth chwys oer i'w dalcen wrth gofio mai dim ond tri chwarter awr oedd ganddo i benderfynu beth i'w wneud pan gyrhaeddai Dredegar Newydd. Sychodd y chwys oddi ar ei dalcen gyda'i nishad waedlyd a bachu'r briw gyda blaen ei ewin. Gwasgodd ei lygaid i geisio chwalu'r boen. Ai disgyn yng ngorsaf y Brithdir neu'r orsaf nesaf, Tir Phil, fyddai'r dewis doethaf? Diolch i'r drefn nad oedd neb o'i gydnabod yn cyd-deithio ag ef, nac yn gweld Cecil Jenkins yn eistedd gyda chrwt brwnt mewn pais. Llifodd ofn drosto fel dŵr oer yn arllwys i lawr ei gefn. Beth pe bai pobl yn meddwl mai ei blentyn e oedd y bastard bach hwn? Sut allai Ffani fyw gyda'r cywilydd? Ffani. Doedd e ddim wedi meddwl amdani hi ers amser. Sut oedd e'n mynd i esbonio hyn i'w wraig? Aeth e ddim hyd yn oed yn agos at y trac rasio ceffylau. Dim ond treulio'i brynhawn gwerthfawr o seibiant haeddiannol mewn tafarn gyda phuteiniaid a thrigolion amryliw Grangetown.

Doedd Byrti ddim wedi yngan na bw na be ers rhai munudau a phwysai ei ben yn erbyn y ffenest. Gyda'i wallt hir, cyrliog, edrychai fel croten o'r cefn. Trodd Cecil gyrlen frown golau rhwng ei fysedd ac ystyriodd am y tro cyntaf ers amser sut fyddai ei fywyd wedi bod petai Ffani wedi medru cael plant. Roeddent wedi edrych ymlaen at fagu teulu gyda'i gilydd pan briodwyd y ddau yn eglwys plwy Bedwellte, ond gyda phob blwyddyn hesb caledodd calonnau'r ddau rhyw fymryn yn fwy; thrafodwyd mo'r pwnc wedyn. Tyfodd diddordeb Ffani yn ei gwaith gwnïo cain, a dechreuodd yntau dreulio pob eiliad a allai allan ar y Foel yn hela. Ei ail ddiddordeb oedd breuddwydio'n flysig am ferched ifainc y fro. Bu'n ffodus i weld golygfeydd gogoneddus dros y blynyddoedd a'r orau o bell ffordd oedd bod yn dyst i genhedlu'r bychan hwn a gysgai ar y sedd wrth ei ochr. Edrychodd Cecil arno gyda rhyw berchnogaeth falch. Tybed faint fyddai oed crwt o'r maint yma? Ond cyn iddo ddwyn i gof union ddyddiad y bore hwnnw o hydref pan welsai Poli Bifan yn dianc gyda'i chyfrinach, arafodd y trên a stopio mewn cwmwl o ager a gwich hir, hir.

'Derc.' Pwniodd Cecil y crwt llonydd. Brithgofiai fod plant bach yn mynd i gysgu weithiau yn ystod y dydd, a symudiad rhythmig y trên wedi annog hynny. Diolchodd yn ddistaw bach nad oedd Byrti wedi tynnu sylw ato'i hun, nac ato yntau, gydol yr awr o daith.

Hastiodd allan o'r orsaf a'r plentyn cysglyd a'r pecyn papur yn ei freichiau. Beth nawr? Doedd Ffani ddim yn ei ddisgwyl adref tan saith. Gwyddai mai yn nhai Greenfield Road roedd Miss Pritchard ac Alfred, ei gŵr, yn byw. Pe cerddai'n gyflym a chadw at yr hewlydd cefn, heibio gerddi'r rhesi tai, gallai ddadlwytho'r crwt a chyrraedd adref heb i neb ei weld. Ymdrechodd i'w wneud ei hun yn gyfforddus drwy symud y plentyn i'w fraich arall. Gwingodd Byrti yn ei gwsg a rhoi un fraich fach, feddal am ei wddw. Safodd Cecil yn stond gan deimlo ymddiriedaeth a diniweidrwydd y bychan amddifad hwn yn ei gyffwrdd yn annisgwyl. Ysgydwodd ei hun a sleifiodd lawr y tyle i gyfeiriad Greenfield, lle trigai'r glowyr tlawd. Gyda phob cam, morthwyliai'r clais ar ei dalcen.

Miss Pritchard, fel y daliai ef i feddwl amdani, ddaeth at y drws pan gnociodd. Roedd Byrti yn dal i gysgu ar ei ysgwydd.

'Mr Jenkins,' cyfarchodd ef yn hynaws. 'Hoffech chi ddod miwn?' Whare teg i'r groten. Ofynnodd hi ddim beth ar y ddaear roedd o'n ei wneud yn sefyll wrth ei drws â swp cysglyd yn glafoerio dros ei ysgwydd. 'Alfred,' galwodd. 'Ymwelydd.'

Tynnwyd llygaid craff Cecil at fola llawn Miss Pritchard. Doedd dim syndod felly na welodd mohoni yn ei siop ers rhai wythnosau. Camodd i'r stafell a thynnu ei gap yn barchus.

'Paid, Beatrice.' Ymddangosodd croten fach wallt tywyll o blygion sgert ei mam. 'Shgwla. Ma' crwt bach 'da Mr Jenkins. Ych plentyn chi?' holodd yn garedig.

Beth ddylai e ddweud? Sut oedd e'n mynd i daclo hyn? 'Wel ... ym ...'

'Prynhawn da. Mr Cecil Jenkins, ontefe?' Camodd dyn cydnerth a chanddo farf dywyll, yn debyg i liw gwallt Beatrice, o'r sgylyri. 'Newydd fod yn codi tato i swper.' Gwenodd ac estyn llaw arw, gref i gyfarch Cecil.

'Ym ... prynhawn da.' Bustachodd Cecil i ryddhau ei law dde o ddefnydd pais Byrti.

'Pidwch becso, Mr Jenkins. Steddwch. Ma'r crwt 'na'n drwm.' Roedd llais Alfred yn ddwfn, yn dywyll fel ei farf a'i wallt. Tynnodd gadair gefn uchel o dan y bwrdd a'i chynnig i Cecil.

'Ody.' Roedd Cecil yn falch o lacio peth o'r pwysau oddi ar ei freichiau. Bellach, roedd llygaid mawr Byrti ar agor led y pen a syllent o gwmpas y stafell gysurus. Rhyfeddodd Cecil at foelni'r dodrefn, at y bwrdd a'r cadeiriau syml a'r llawr carreg glân. Doedd dim dreser a'i llond o lestri gleision na gorchuddion brethyn ar gefnau'r cadeiriau. Llosgai tân siriol yn y grât a thaflai dwy gannwyll eu golau'n gysurlon o'r pentan. Er ei noethni, roedd diddosrwydd cartrefol yn perthyn i'r stafell hon, rhywbeth oedd ar goll ym moethusrwydd ei gartref ei hun.

'Mae clwyf cas 'da chi.' Astudiodd Miss Pritchard ben yr ymwelydd o hirbell.

'Mama.' Pwyntiodd Byrti fys bach brwnt at y fenyw.

'Nage, bach.' Gwenodd hi'n addfwyn ar y bychan. 'Ble mae ei fam e, Mr Jenkins? Lla'th a siwgir?' Fel petai drwy swyn, cyrhaeddasai dair cwpan a soser, jwg llaeth, bowlen, tebot a phice bach y bwrdd. Estynnodd Byrti ei law, cipio teisen felys a'i stwffio'n gyfan i'w geg.

'Druan o'r crwt. Pryd ga's e fwyd?'

'Sdim clem 'da fi,' cyfaddefodd Cecil.

'Ych plentyn chi?' Y tro hwn, Alfred holodd, fel petai'n gwybod yr ateb cyn gofyn y cwestiwn.

'Nage. Ych plentyn chi.'

Eisteddodd Miss Pritchard yn glewt ar y gadair agosaf a'r tebot yn ei llaw yn dal i arllwys te dros y bwrdd a'r llawr.

'Plentyn Poli?'

Ochneidiodd y cigydd ei ryddhad a nodio'n gwta. Doedd dim esbonio poenus i fod felly.

'Dere 'ma, grwt.' Estynnodd Alfred ei freichiau at y bychan. Roedd o'n ddyn golygus ond dim ond glöwr cyffredin oedd e fel holl wŷr ei stryd. Dychmygai Cecil ddiflastod swyddog y cyfrifiad saith mlynedd yn ôl yn gorfod nodi 'Coal Hewer, Underground' gyferbyn ag enwau rhesi o benteuluoedd, a hynny ddegau o weithiau. Cofiai Cecil ddatgan ei fanylion gyda balchder wrth y swyddog. Name: Cecil Gladstone Jenkins, Married. Age: 51. Occupation: Butcher (Own Business). Doedd dim llawer o ddynion o'i statws e yn yr ardal.

Cododd Alfred y plentyn oddi ar arffed Cecil, ei osod ar ei lin ei hun ac estyn teisen arall iddo. Doedd neb yn cymryd sylw o Miss Pritchard druan oedd yn ddiymadferth yn ei chadair, y tebot bellach yn chwilfriw ar y llawr a'i byd hithau'n deilchion o'i chwmpas.

'Byrti bach yw 'i enw fe. A dyma'i bethe fe.' Adleisiodd Cecil eiriau Poli. Doedd ganddo ddim mwy o wybodaeth am y plentyn.

Esgusododd Cecil ei hun wedi yfed ei de a ffarwelio â'r teulu. Daethai Alfred at y drws i'w hebrwng gyda Byrti ar ei fraich a Beatrice fach wrth ei draed. A chyda sbonc yn ei gam a gwrhydri newydd yn ei galon, cerddodd Cecil yn dalog lan y tyle; ei orchwyl wedi'i chyflawni.

Rhuban hir, llwyd o bentre oedd Tredegar Newydd a dyfodd yn aruthrol yn y deng mlynedd ers agor Pwll Elliot. Bellach roedd dros fil o ddynion yn cael eu gollwng i berfeddion y ddaear bob bore a'u chwydu'n ôl i'r wyneb bob nos. Clywsai Cecil oddi wrth ei gwsmeriaid cwynfanllyd nad oedd y glowyr yn gweld golau dydd o gwbl drwy fisoedd tywyll y gaeaf – yn wir, doedd eu bywydau nhw'n fawr gwell na'r merlod hanner dall oedd yn byw gydol eu hoes yng nghaddug y dyfnderoedd.

Bu gweithgarwch adeiladu anghyffredin yn yr ardal ers hynny gan fod angen rhai cannoedd o dai newydd tua'r de a'r gogledd i gartrefu'r mewnlifiad enfawr o lowyr a'u teuluoedd. Daethant o siroedd Brycheiniog a Maesyfed, o gymoedd de Cymru a hyd yn oed o orllewin Lloegr. Digon tila oedd y maes glo hwnnw ac israddol oedd y glo a godwyd ohono. Credai Cecil iddo glywed rywdro mai o swydd Gaerloyw y daeth teulu tad Alfred i'r ardal yn wreiddiol. Sut, tybed, fyddai'r coliar yn esbonio'r bastard bach i'w wraig barchus? Crechwenai'r hen gadno wrth feddwl am y drafodaeth yn y tŷ teras cul yn Greenfield Road. Gwthiodd ei ddwylo i bocedi ei drowsus a brasgamu tuag adre.

Pennod 2

Y Rhyl, Hydref 1913

'Mi fydd dy dad ar ei ffordd o'i waith erbyn hyn. Dos draw i'r Mona, a chymra'i becyn cyflog o cyn iddo fo'i yfed o i gyd.' Ar hynny canodd cloch yr eglwys hanner awr wedi hanner dydd. 'Ty'd yn dy flaen, Florrie!'

Tynnwyd y cynfasau oddi ar welyau ymwelwyr olaf yr haf eisoes ac roeddent bellach yn berwi ym moiler y washws yn yr iard gefn. Curai Elin Jones y llwch a'r tywod o fatiau'r llofftydd a oedd yn hongian dros y lein ddillad, a gwaeddai gyfarwyddiadau ar Florrie, ei merch ieuengaf, rhwng chwipiadau'r curwr.

'Brysia, hogan! Hel dy draed tra bod ceiniog neu ddwy ar ôl yn 'i bocad o.' Dyna ddywedai ei mam bob dydd Sadwrn, bob wythnos, yn ddi-feth. Pam na châi hi fod yn rhydd fel Gwen a Cathrin, oedd yn cael prynhawniau Sadwrn i'r brenin? Hamddena fraich ym mraich ar hyd y prom fel y gwnâi ei chwiorydd a llygadu'r hogia? Ond na, doedd hi, Florrie, ddim gwell na sgifi. Baw isa'r domen. Bwriodd ei llid ar ei brat wrth ei luchio'n un belen ar fwrdd y gegin. Unwaith yn rhagor, llosgodd yr anghyfiawnder yn ei brest. Hi oedd y cyw melyn olaf na chafodd gyfle fynd o'i chartref i weithio. Gorfodwyd hi i fod yn forwyn fach i'w mam – yn golchi a smwddio, sgwrio a brwsio, sgleinio'r brasys a addurnai barlwr y fisitors, a hanner magu hogiau bach ei chwiorydd. Diolchodd i Dduw fod Tymor y Fisitors wedi gorffen am eleni. Gweddïai y câi hi fymryn mwy o ryddid dros fisoedd y gaeaf; gobeithiai y byddai'i mam yn llacio rywfaint ar y gefynnau eleni. Clywsai fod gan Cathrin gariad newydd. Un arall! Byddai Florrie wrth ei bodd yn cael cariad a chael cerdded efo fo ar hyd rhodfa'r môr. Rhyw ddiwrnod, efallai.

Roedd Florrie'n dal i feddwl pa mor annheg oedd ei bywyd wrth gipio'i siôl oddi ar fachyn yr hôlstand yn y pasej, rhedeg drwy'r drws ffrynt ac anelu at ben y stryd. Byddai'n rhaid brysio cyn i Ned brynu haneri i bawb yn y dafarn. Un clên oedd ei thad, un nad oedd yn ystyried, wedi iddo gael llwnc neu ddau, bod angen ei gyflog i dalu am fwyd a rhent. Tynnodd ymylon ei siôl at ei gilydd. Roedd hi'n ddiwrnod hyfryd o hydref cynnar a'r awyr yn las ac yn glir. Chwyrlïai cawodydd o garpiau deiliog melyngoch o'i chwmpas oddi ar y coed masarn a amgylchai Neuadd y Dref. Doedd fawr o ymwelwyr o gwmpas erbyn hyn. Llusgai un teulu o wenoliaid hwyr, yn rhieni a thri phlentyn, eu cesys boliog i lawr Stryd Bodfor tua'r orsaf drenau. Aelod o gonsyrt parti teithiol a'i deulu mae'n debyg, wedi bod yn y Rhyl dros dymor yr haf, meddyliodd. Yn raddol roedd y strydoedd yn gwagio fel llanw'n gadael y traeth.

Dim ond y trigolion parhaol fyddai ar ôl cyn hir, ac yn raddol byddai'r nyth morgrug o dref yn suddo i ddifaterwch a thlodi'r gaeaf hir, llwm. Mi fyddai arian y teulu'n dynn – dim pres fisitors i'w ychwanegu at y deng swllt ar hugain wythnosol yr enillai ei thad fel fforman yn yr iard goed – ac wrth gwrs, chafodd ei brawd, Rathbone, ddim cyflog ers sawl blwyddyn bellach. Beth wnaen nhw? Eleni roedd Ffranci a Georgie, meibion ei chwaer, yn byw efo nhw'n ogystal. Canmolai Ned eu harchwaeth bwyd; 'Butwch fel 'sach chi adra, lads bach,' a doedd dim llenwi ar eu stumogau diwaelod. Sut yn y byd roedd ei mam am ddod i ben â bwydo a dilladu pawb rhwng rŵan a dechrau'r tymor ymwelwyr nesaf? Ond gwyddai Florrie fod Elin yn un ddarbodus, a byddai'n siŵr o fod wedi cuddio celc bach er mwyn sicrhau y byddai gŵydd a ham a phlwm pwdin ar y bwrdd ddiwrnod Dolig, yn ogystal â rhywbeth blasus i'w gnoi a thegan neu ddau mewn hosan i ddiddanu'r hogiau.

Byddai eu cymydog, Mrs Turner, yn rhoi llety i lojar bob gaeaf – prentis meddyg fel arfer, a arhosai am gyfnod o ryw chwech wythnos cyn i un arall ddod i gymryd ei le. Trueni na fyddai Florrie a'i theulu'n medru cael lojar. Roedd Mrs Turner yn lwcus: byddai'n glanhau meddygfa Doctor Black deirgwaith yr wythnos ac wrth law i gynnig llety i'r cyw-feddygon. Paratoai stafell wely glyd a bwrdd a silff lyfrau ynddi. Cynheuai dân braf yn y llofft bob prynhawn a byddai pryd poeth, maethlon ar fwrdd y parlwr gyda'r nos. Rhoddai'r prentis rent anrhydeddus yn llaw Mrs Turner yn wythnosol; doedd dim rhyfedd felly y gallai hi siopa'n flynyddol am gôt gaeaf a het o siop R. L. Davies.

Roedd meddwl Florrie'n bell, yn gymaint felly nes iddi gamu oddi ar y palmant i lwybr ceffyl a thrap Defi Ty'n Terfyn Dairy. Tynnwyd hi'n ôl i ddiogelwch y palmant gan fraich gref, a glaniodd hi a pherchennog y fraich blith draphlith ar domen o ddail crin.

'Drycha lle ti'n mynd, hogan! Rhag dy g'wilydd di'n dychryn Prins fel'na. Frifaist ti, 'rhen hogyn?' Mwythodd Defi drwyn melfedaidd y ceffyl oedd â'i lygaid yn melltennu ac yn anadlu'n drwm yn ei fraw. Pwyai'r llawr â'i garn blaen.

'Sori, Mr Defis. Do'n i'm yn sbio lle ro'n i'n mynd. Mynd i'r Mona i gwarfod Nhad ydw i.' Parablodd Florrie fel melin bupur ond roedd Defi eisoes yn sedd y trap, wedi clecian ei dafod a'r awenau ac ymlaen ag ef a Prins i lawr Stryd y Frenhines i ddosbarthu llefrith ffres i dai crand y Prom.

'Dach chi wedi brifo?' holodd ei hachubwr.

'Naddo. Diolch i chi.' Edrychodd Florrie arno am y tro cyntaf. Gŵr ifanc tua deg ar hugain oed mewn siwt frown, drwsiadus. Roedd ei wallt cochlyd wedi ei gribo'n fflat a'i rannu gyda rhesen wen berffaith ar hyd ei ganol. Y peth mwyaf syfrdanol amdano, fodd bynnag, oedd ei lygaid gleision anferth, oedd fel pyllau ar draeth yn yr haf. Roeddent yn rhyfeddol o blentynnaidd yn yr wyneb cul, brycheulyd. Gwenodd y dyn ar Florrie.

'Os ydych chi'n siŵr eich bod yn ddianaf.'

'Perffaith siŵr, diolch.'

'Mi adawa i chi, felly.' Gwyrodd ei ben tuag ati'n barchus, cododd ei ddau gês trwm a throi i gerdded ymlaen ar hyd Stryd Wellington.

Mewn dim ond dau gam roedd Florrie wrth ddrws y Mona. Rhyw hanner dwsin o ddynion oedd yn pwyso wrth y bar – pob un ohonyn nhw wedi gorffen eu gwaith am hanner dydd ar y Sadwrn a derbyn eu pecyn cyflog. Pan welodd Ned ei ferch estynnodd am yr amlen frown a ddaliai ei gyflog a'i rhoi iddi. Daethai hyn yn ddefod wythnosol. Cyfrodd Florrie'r arian a rhoi ychydig geiniogau ohono yn ôl i'w thad i brynu hanner neu ddau o gwrw a mymryn o faco.

'Mi fydd te ar y bwrdd am bump.' Taflodd y geiriau dros ei hysgwydd wrth gydio yn nwrn pres y drws a'i wthio. Croesodd y ffordd, yn fwy gofalus y tro hwn, a hedfanodd un ochr ei siôl yn rhydd fel aden wrth iddi redeg am adref. Trodd i Stryd Windsor ac yno'n sefyll ynghanol y palmant roedd y dyn yn y siwt frown a'i gesys wrth ei draed.

'Helô eto.' Trodd tuag ati â gwên lydan ar ei wyneb. 'Archie Edwards,' cyflwynodd ei hun, a chleciodd sodlau ei esgidiau sgleiniog at ei gilydd fel milwr wrth ddal ei law tuag ati mewn ystum o gyfeillgarwch.

'Florence Jones.' Gwasgodd Florrie ei law feddal a gwenu'n swil.

'Mae'n dda gen i'ch cyfarfod chi'n iawn, Florence. Ga i'ch galw chi'n Florence?' Nodiodd hithau fymryn ar ei phen. Gwnâi'r llais dwfn, persain a ddeilliai o wyneb mor anaeddfed i Florrie deimlo'n anesmwyth, am ryw reswm.

'Tybed fedrwch chi fy helpu i, Florence?' Gafaelodd eto yn ei gesys a chamodd yn nes at y ferch. Yn reddfol, bagiodd Florrie yn ei hôl.

'Gwnaf, os medra' i.' Wyddai hi ddim sut y gallai hi o bawb helpu'r dyn ifanc o'i blaen.

'Mi ydw i'n bwriadu bod yn y dref yma am bythefnos, a meddwl oeddwn i a wyddoch chi am lety sydd o fewn cyrraedd i siopau a busnesau'r dref? Gwerthwr teithiol ydw i, 'dach chi'n gweld. Fûm i erioed yn y Rhyl o'r blaen.' Ynganodd enw'r dref fel 'Ril'.

Neidiodd calon Florrie fel pe bai haid o frogaod yn ymladd i lamu o'i cheg.

'Rydw i'n siŵr bod ystafell addas ar eich cyfer chi yn ein tŷ ni. Mae'r tymor ymwelwyr wedi gorffen ddoe. Arhoswch yma. Mi ofynna i i Mam.'

Archie Edwards oedd y lojar delfrydol. Cododd ben bore Sul a cherddodd i wasanaeth deg o'r gloch Capel y Wesleaid, dychwelyd yn brydlon a chlirio plataid o ginio dydd Sul a desglaid o bwdin reis ac afal nes y daeth y blodau ar y gwaelod i'r golwg eto. Yna, er mawr syndod i bawb, cariodd ei lestri i'r gegin ganol a chynnig helpu i'w sychu. Roedd Elin wedi dotio.

'Na chewch wir, Mr Edwards. Ewch am dro bach i dreulio'ch bwyd. Mi gewch sgonsan a phanad pan ddowch yn ôl. Da ydy gwynt y môr am godi archwaeth.'

'Mi fyddwn i wrth fy modd, ond ar un amod.' Trodd Archie a'i wên barod at Elin a Ned. 'Tybed a gaf eich caniatâd i gymryd Florence gyda mi, i'm tywys o gwmpas y dref?' Allai hi na'i rhieni wrthod cais mor rhesymol oddi wrth y gŵr ifanc, cwrtais hwn.

Dim ond ar adegau prin y byddai Ned yn sychu'r llestri ac edrychai fel dyn â chanddo ddwy law chwith. Estynnodd am blât cinio gwlyb a'i sychu gyda'i liain coch a gwyn fel petai'n sgwrio'r iard.

'Edward bach. Gwthia dy dafod i mewn i dy geg. Ma' golwg fel rwbath hannar call arnat ti,' meddai Elin. Estynnodd yntau am lwy bwdin arian. Trodd hi yn ei law cyn syllu arno'i hun â'i ben i lawr yng nghwpan y llwy. Gwthiodd ei dafod allan ymhellach a siglo'i fwstash. Chwarddodd Elin a sgeintio dŵr golchi llestri drosto gyda'i bysedd. Nid yn aml y câi Ned a hithau gyfle i ymddwyn fel dau gariad. Roedd gormod o gyfrifoldeb teuluol ar eu hysgwyddau ill dau o ddydd i ddydd i ymlacio ers blynyddoedd bellach. Un garw oedd Ned yn ei ieuenctid; un a allai godi gwên waeth beth fyddai'r sefyllfa. Byddai genod y capel yn dotio arno ers talwm pan ddeuai i'w chyfarfod o'r oedfa nos Sul. Fo a'i jôcs tila a'i lygaid tywyll, llawn chwerthin. Doedd teulu Ned ddim yn gapelwrs ond yn rhai da odiaeth am godi twrw rownd y dre wedi nos Sadwrn o feddwi'n gaib. Treuliodd tad Ned sawl noson yn y clinc am waldio ffarmwrs o Ddinbych, fisitors o Loegr neu hyd yn oed landlord ambell dafarn yn ei gwrw. Doedd ryfedd, meddyliodd Elin wrth sgwrio'r rhimyn croen brown o ymylon y ddysgl bwdin reis, nad oedd ei thad sychdduwiol ddim am ildio'i ferch i ddihiryn fel mab Wil Cocls. Edrychodd draw ar ei gŵr oedd yn ymgodymu â sosban enfawr a thorrodd ton o anwyldeb tuag ato drosti. Mae deng mlynedd ar hugain yn amser hir, meddyliodd. Newidiodd y pwnc cyn i'r llosgi sydyn yn ei llygaid droi'n ddagrau.

'Am ŵr bonheddig ydy'r lojar newydd 'ma. Mae o wedi cymryd at ein Florrie fach ni'n do?' meddai Elin. Doedd dim arwydd cellwair ar Ned erbyn hyn. Syllodd allan drwy wydr y ffenest gefn ar chwythwm o ddail melyn yn bwrw dros y wal o ardd drws nesa.

'Dwyt ti'm yn meddwl bod 'na rwbath anghynnas ynglŷn â fo? O lle ddeudist ti mae o'n dŵad? Ochra' Caer?' holodd yntau. Caeodd Elin ei cheg yn glep ar y gair 'Wrecsam'.

'A be' ddeudist ti odd 'i fusnas o'n y dre 'ma?' holodd Ned gan rwbio plât cinio gyda ffyrnigrwydd diangen.

'Trafeiliwr rwbath neu'i gilydd.' Gosododd Elin y sosban datws ar y bwrdd i ddraenio.

'Gwranda di arna i. Hen lwynogod ydy'r trafeiliwrs 'ma.' Pwyntiodd at Elin gyda llond ei law o ffyrc. 'Dydyn nhw byth yn aros yn nunlla'n hir. Mae isio cadw llygad barcud arno fo.'

'Ond Ned. Drycha mor fanesol ydy o; yn cario'i blât i'r gegin ac yn cynnig mynd â Florrie efo fo am dro iddo fo gael gweld tipyn ar y dre. Ac mi rydan ni ddirfawr angan 'i bres o, tasa fo ddim ond yma am bythefnos. Mae Florrie'n hogan ddigon 'tebol i ofalu amdani ei hun, wsti.'

'Hm.' Estynnodd Ned am y ddesgl bwdin reis, ond daliai i syllu ar y dail euraid yn drwch dros bridd yr ardd.

Roedd hi'n naturiol i Archie gymryd braich Florrie wrth iddyn nhw groesi'r ffordd, o ystyried sut y cwrddon nhw ill dau y diwrnod cynt, a'r un mor naturiol i Florrie adael iddo gydio am ei chanol wrth iddyn nhw gerdded ar hyd rhodfa'r môr. Ond pan lithrodd ei fraich i lawr a chwpanu ei phen-ôl â'i law, gwthiodd Florrie ei chorff oddi wrtho.

'Dim ond eisiau bod yn ffrindiau ydw i, fy Florrie fach i.' Plygodd a chwythu'n ysgafn yn ei chlust. Ffyrnigodd y ferch.

'Nid eich Florrie fach chi ydw i. Dydw i'n gwybod dim byd amdanoch chi. Mae'n dechrau oeri ac mae'n well i mi fynd adref i helpu Mam hwylio'r te.' Brasgamodd oddi wrtho, gan anelu am Stryd y Dŵr o olwg Archie Edwards.

Gwnaeth Florrie esgus i'w mam ei bod wedi dychwelyd i'w helpu gyda the'r ymwelydd, a'i fod o am gerdded ymhellach ar hyd y Prom er mwyn gwylio cychod yn harbwr y Foryd yn mynd a dod. Roedd ei dyhead am gael ei gweld yn rhodio'r prom ar fraich dyn ifanc wedi'i ddifetha gan hyfdra Archie Edwards. Oedd, roedd o'n ifanc a'i ddillad yn drwsiadus ond roedd ei lais a'i groen fel lard a'r ffordd yr edrychai arni'n gyrru iasau rhewllyd, annifyr i lawr ei hasgwrn cefn.

Welodd hi mo Archie wedyn y nos Sul honno na thrwy'r dydd Llun. Aethai o'r tŷ toc wedi wyth y bore, a'i gês du, boliog gydag ef. Yn ddistaw bach, er nad oedd yn dda gan Florrie'r lojar a'i siwt frown a'i esgidiau perffaith lân, dyheai'n dawel bach am gael gweld yr hyn oedd ganddo yn y cês. Dywedasai Archie wrthi mai ymweld â fferyllfeydd yr ardal oedd ei fwriad, er mwyn gwerthu nwyddau meddygol amrywiol – rhai newydd a chwyldroadol a fyddai'n siŵr o wella ansawdd iechyd trigolion gwanllyd y Rhyl a'r cyffiniau.

Y noson honno wrth iddi noswylio, cafodd ei hun yn dringo'r grisiau yr un pryd â'r lojar newydd. Erbyn hyn rocdd Florrie wedi dechrau amau cymhellion ei wenieithu a'i ffalsrwydd a cheisiodd gyrraedd pen y grisiau o'i flaen. Ond cydiodd Archie yng ngodre ei sgert a'i rhwystro. Tynnodd hi i lawr.

'Mae dy fam wrth ei bodd efo fi. Dwi'n foi clên iawn.'

Gallai Florrie deimlo'i anadl ar ei hwyneb; ei ddannedd claerwyn yn disgleirio yn y tywyllwch. Fodd bynnag, doedd y wên ddim yn cyrraedd ei lygaid erbyn hyn a gwrthododd ildio'i afael yn ei gwisg.

'Llety bach digon cyffredin ydy hwn. Mae 'na sawl lle mwy safonol na hwn yn y dref dwy a dima 'ma. Ond mae dy fam angen pres ychwanegol, yn dydy? Does 'na'm digon o arian yn dod i'ch cynnal chi i gyd, nac oes? Dydy'r cripil brawd 'na sgen ti'n dda i ddim, nac ydy? Mae angen bwydo'r ddau fastard bach 'na hefyd, yn does?' Tynhaodd ei afael yn ei chorff gyda phob cwestiwn. Roedd Florrie eisiau sgrechian ar ei thad. Ar rywun. Ceisiodd anadlu, ond sylweddolodd mai aros yn llonydd fyddai orau. Er ei mwyn ei hun ac er mwyn ei mam. Petai Archie'n gadael fory gyda'i bythefnos o arian rhent, ei bai hi fyddai o. Hi fyddai wedi taflu'r cyfle gorau a gâi'r teulu i gynilo celc bach ychwanegol cyn misoedd llwm y gaeaf.

'Be' dach chi isio?' Wrth iddi wthio'r geiriau drwy'i dannedd, roedd hi eisoes yn gwybod beth fyddai'r ateb.

'Dim byd, Florrie fach. Dim byd ond i ti fod yn glên wrtha i. Fel rydw i efo ti.' Llusgodd ei fys ar hyd ei hwyneb a llyfodd ochr ei boch â blaen ei dafod. Crynodd Florrie. O'r diwedd gollyngodd ei afael arni a baglodd y ferch yn syth i'w llofft gan gau'r drws yn glep y tu ôl iddi. Anadlodd ei rhyddhad i'r tywyllwch a brysio i lusgo cadair at y drws er mwyn gwthio'i chefn o dan y dwrn fel na ellid mo'i agor o'r tu allan.

Fore trannoeth, clywodd Florrie glep y drws ffrynt pan adawodd Archie'r tŷ ac anadlodd yn fwy rhydd wrth glirio'r llestri brecwast o'r parlwr.

'Twtia stafell Mr Edwards, wnei di, tra 'mod i'n picio i siop Mrs Mason i nôl tamaid o rwbath i de?' Sythodd Elin ei het a hwyliodd drwy'r drws â'i basged ar ei braich.

Dyma'i chyfle. Dim ond hi oedd yn y tŷ: aethai Ffranci i'r ysgol a Georgie bach am dro ar hyd y Prom i weld llongau'r Foryd efo Rathbone. Hedfanodd Florrie i ben y grisiau ac i stafell y lojar. Roedd ei fag boliog, du yn agored ar y llawr ac ynddo lot o bethau meddygol diddorol. Bandejis a chadachau a gwlân cotwm a bocsys o dabledi gwyn a photeli brown o ffisig a sisyrnau ac arfau disglair a pheryglus yr olwg. Cododd strimyn hir o rwber brown a'i archwilio. Rhywbeth fel bys maneg ond yn llawer hirach a lletach. Syllodd arno o bob ongl. Beth oedd o, tybed?

'Faset ti'n lecio i mi ddangos i ti?' Pwysai Archie Edwards yn hamddenol yn erbyn ffrâm y drws a'i lais yn oeri'i hymysgaroedd fel castor oel. Gwenai'n garedig.

'Ym ... tacluso o'n i, ac mi syrthiodd petha o'r bag wrth i mi faglu drosto fo.'

'Popeth yn iawn, cyw bach.' Caeodd ddrws y llofft a nesáu ati. Bagiodd hithau a disgyn yn ôl ar ei heistedd ar y gwely. 'Does gynnon ni'm llawer o amser. Mae dy fam i lawr y stryd yn sgwrsio efo rhywun. Fydd hi ddim yn hir.' Tynnodd ei siaced frown a rhyddhau ei ysgwyddau o'i fresus.

'Be' dach chi'n neud?' Gwich ofnus oedd llais Florrie.

'Ti oedd yn methu deall sut i ddefnyddio un o'r rhain 'te?' Gafaelodd yn y fancg fach rwber a'i hysgwyd o flaen ei thrwyn.

'Mi sgrechia i.'

'Na wnei siŵr. Beth am arian rhent dy fam? Mi fydd angen esgidiau newydd a dillad cynnes ar y bastards bach cyn hir, yn bydd?' Camodd ati gan agor botymau ei drowsus. Sbonciodd rhywbeth gwyn, hir, syth o berfeddion ei ddillad. Agorodd llygaid a cheg Florrie'n llydan. Taflodd ei choesau dros ochr arall y gwely ac anelu at y drws, ond roedd o yna o'i blaen, y bys rwber bellach wedi ei ollwng i'r llawr. Mewn eiliad cafodd Florrie ei hun ar y gwely ac mewn un symudiad llyfn gwthiodd y dyn ei law o dan ei sgert a gorwedd ar ei phen. Rhythai ei lygaid mawr babïaidd yn wyllt arni. Doedd dim amdani ond ildio, penderfynodd Florrie. Byddai'r cyfan drosodd cyn hir a châi hi lonydd gan y cythraul brwnt wedyn. Felly, trodd ei phen oddi wrtho pan ddechreuodd Archie duchan fel bustach gwyllt. Rhythodd Florrie ar y wal: un rhosyn pinc, dau rosyn pinc a deilen; un rhosyn pinc, un ddeilen a thri rhosyn pinc a ... Rhowliodd Archie oddi arni, wedi ymlâdd, a chododd Florrie ar ei thraed, yn dal i geisio twtio'i dillad wrth redeg i lawr y grisiau. O fewn eiliadau roedd yn eistedd ar y tŷ bach ym mhen draw'r ardd. Criodd nerth esgyrn ei phen. Feddyliodd hi erioed y byddai o'n brifo cymaint. Roedd ei thu mewn ar dân a phan sychodd ei hun â darn o bapur newydd, roedd gwaed arno. Chwythodd ei thrwyn â'r hances oedd yn ei llawes, taflu dŵr dros ei hwyneb o'r tap yn y gegin fach a cherdded i'r gegin ganol ar goesau simsan i hwylio cinio.

'Newyddion da am Mr Edwards, yntê?' Gosododd Elin ei basged siopa ar y bwrdd a thynnu ei siôl. 'Welaist ti mohono fo? Mi ddeudodd o wrtha i ar y stryd ei fod wedi cael teligram o swyddfa'r post. Mae ei wraig newydd gael eu pedwerydd plentyn, cofia, a bydd Mr Edwards yn ein gadael yn syth. Mab bach o'r enw Oswald. Yr un ffunud â fo, medda fo. Roedd o'n swnio mor falch. Genod ydy'r tair arall. Mi ddaeth o yma i nôl ei bethau. O'n i'n siŵr y byddai o wedi picio i'r gegin i gael gair efo chdi cyn mynd. Mi roddodd o rent wythnos lawn i mi er mai dim ond am bedwar diwrnod y buo fo efo ni. Dyn clên. Ia wir. Bechod na fasai mwy o bobol mor feddylgar â fo.'

Roedd llais ei mam yn mynd a dod fel su gwenyn a llawr y gegin yn nesu. Daeth arogl rhyfedd i'w thrwyn ac aeth popeth yn ddu.

Pennod 3

Y Rhyl, Gaeaf 1914/1915

Dim ond wedi iddyn nhw adael gorsaf Caer y cafodd Byrti ac Edwin eu cip cyntaf erioed ar y môr. A dweud y gwir, aber y Ddyfrdwy a welent, ond doedd bechgyn y cymoedd ddim i wybod hynny. Y dŵr mwyaf a welodd Byrti cyn hynny oedd rhaff lwyd yr afon Rhymni'n ymlwybro'n ddiog heibio cefnau'r tai yn ei gwm. Ychydig a wyddai'r criw brwd a deithiai ar y trên y diwrnod hwnnw na welai llawer ohonyn nhw fyth eto mo'r fro y'u magwyd ynddi, na chosi brithyll dan gerrig y nentydd ar ddiwrnod braf o haf. Rhyfeddai'r bechgyn, wrth wthio un o flaen y llall i syllu drwy ffenest y cerbyd, at lesni'r dŵr a melynder tywod y traethau cang.

Rhyfeddod arall oedd y croeso a ddarparwyd iddynt yng ngorsaf y Rhyl gan fand o filwyr a fu yn y dref ers rhai wythnosau. Chwyddodd brestiau'r cyw-filwyr fel ceiliogod wrth iddyn nhw gychwyn martsio'n ddi-drefn drwy'r stryd i gyfeiliant ansoniarus y ffliwtiau pren a'r drymiau. Dyma nhw: arwyr y Ffyrst Rhondda. Beth ar y ddaear roedden nhw'n ei wneud yn y Rhyl o bob man – yng ngogledd eithaf Cymru, bron i ddau gan milltir o'u cartref ac yn bell o'r lle y dyheai'r darpar arwyr fod, sef ynghanol berw'r rhyfel yn Ffrainc?

'Dwi'n siŵr fod golwg ryfedd arnon ni,' sibrydodd Edwin o gongl ei geg. 'Milwyr mewn dillad cyffredin. Pwy fase'n ein hofni ni?' Gwenodd y ddau ar ei gilydd i guddio'u nerfusrwydd o fod oddi cartref am y tro cyntaf ac mewn lle mor ddieithr. Oedd, roedd rhesi o dai teras yma, nid yn annhebyg i'r Cwm, ond cysgodwyd y strydoedd llydan gan goed gosgeiddig. Ac roedd golwg iach ar y trigolion – welson nhw ddim un merch wedi'i lapio mewn siôl wau a chap stabal am ei phen yn pwyso'n drwm ar ffrâm drws y ffrynt i wylio'r byd yn mynd heibio, na henwyr esgyrnog yn sefyllian ar gorneli'r strydoedd yn pesychu fflem du i'r gwterydd agored. Hyd y gwelai Byrti, doedd yr un plentyn yn droednoeth chwaith. Doedd dim arwyddion tlodi, dim ond tyrfaoedd llon, bochgoch yn chwifio'r Iwnion Fflag ac yn gwenu'n glên. Bu trafod mawr rhwng y ddau ffrind ynglŷn â'u gwisg cyn cychwyn gan nad oedd y fyddin wedi medru darparu lifrai i'r gatrawd newydd sbon hon eto. Penderfynodd y ddau wisgo'u dillad gorau, sef trowsus a siaced frethyn, coler a thei, capiau stabal a mwffleri gwlân. Mynnodd mam Edwin ei fod yn cael côt aeaf laes hefyd gan eu bod yn 'mentro 'sha'r North'.

Cawsant eu martsio i lawr y stryd fawr hir a oedd yn llawn siopau llewyrchus yr olwg; heibio i R. L. Davies, Ladies and Children's Outfitters a siop groser J. R. Pierce. Gwelsant siopwyr trwsiadus yn cario basgedi a bechgyn ar feiciau du, disglair, yn dosbarthu bara a llysiau i'r tai lojin twt ar hyd rhodfa'r môr. Rhyfeddent at y ffrogiau gosgeiddig oedd yn harddu ffenestri siop Milady, at y cigoedd safonol a grogai yn ffenest siop Tom Roberts ac at y bwcedi a'r celyrnau a ddisgleiriai yn haul isel diwedd y pnawn o flaen siop Hughes and Son.

Cofrestrwyd bechgyn diniwed y Bataliwn newydd bob

yn un wrth fwrdd yng nghyntedd y Queen's Hotel a'u martsio fesul grwpiau i wahanol ardaloedd yn y dre i gartrefi'r bobl oedd yn mynd i fod yn eu lletya.

November 20th 1914

Dear Father, Step-mother, brothers and sisters,

Just a short note to tell you of our safe arrival in Rhyl. The train journey was long but the countryside we saw was very pleasing to the eye. We passed only two coal mines on the way: one near Wrexham and one called Point of Ayr in a village called Mostyn beside the sea-side. Apparently, the tunnels run for miles under the sea! As yet I haven't been able to discover anything about the quality of the coal produced in this small North Wales coal field.

Edwin and I are billeted in a comfortable house in the town centre near the promenade where we practise marching and are taught some warring skills. As yet, we have no uniforms or weapons and so my best clothes are becoming rather grubby. We have, however, been given a training outfit which is navy blue and a very poor fit. There is no point complaining though. Mrs Roberts washes our shirts and so forth and they dry overnight above the kitchen range. As we are a Welsh Regiment, our proper uniforms are being especially made by the ladies of one of the chapels out of traditional homespun cloth, made locally, called 'Brethyn Llwyd'. I believe that they will be of a greyish colour and not of the more common Khaki. This is, apparently, Lloyd George's idea. He believes we should be unique and stand out from other

Regiments. He wishes us to be Welsh and proud. Hopefully though, we will not stick out like a sore thumb in our poor camouflage or the enemy will find us too easily!

At present we have three parades every day; we do physical jerks on the beach, running up and down the numerous sand-dunes and we learn field-craft. It is a great deal more strenuous than working in the pit but at least we are not in the dark all day and the sea-air is refreshing. Next week we shall be taught the rudiments of first-aid and elementary wiring. Entrenchment is a vital military strategy and one which will, from what I understand, win this war. I expect that means that we shall be spending some time guarding ditches and trenches occasionally when we aren't on the battlefield shooting the Hun. If and when we ever get to handle any weapons, that is!

At the moment there are about 2,000 soldiers in the town; many of them also in the Welsh Regiment. We expect more to arrive in the coming weeks. Some other towns along the North Wales coast are training centres for other Welsh batallions and I believe that they are building a large military training camp some five miles form Rhyl which will be able to house 20,00 men!

A lot of people here, both soldiers and townspeople, speak Welsh all the time which is strange for us valley boys and, I'm sure you will agree, a totally useless tool in any kind of warfare. However, the tunes of the Welsh hymns and folk songs sung in some of the public houses of an evening are both cheerful and rousing. We are all being well looked-after; everyone in Rhyl is very kind and caring to us new soldiers. Tonight in the Pavilion Theatre, which is an impressive building on the Promenade with an enormous dome, a Smoking Concert has been arranged. The ladies of the town have made a shilling collection to provide us with this interesting entertainment. Fair play to them. We shall all be given a pipe, some tobacco, matches and cigarettes to enjoy whilst watching a famous concert party called Philip Lewis' orchestra. The main soloist will be a cornet player called Bandsman Orlando Lydford who is a veteran of the Boer War. This town is renowned for the health-giving properties of its sea-air and we learnt a jolly song at last week's concert. I can only remember a couple of lines of the refrain:

Rhyl, Rhyl, Rhyl

It's the place where you never feel ill

Don't worry about us, we are thus far having a lovely time on the coast, it's a bit like a holiday really. The winds though, can be biting and slice through our practice uniforms when we are on drill practice on the promenade. It's always very comforting to return to our lodging-house at the end of the day for a hot meal and to warm our feet by the range.

Please will you show this letter to Edwin's mother. We have both decided to share the postage money, so he will write next week.

Your son,

Bertie

ffrwydro dros ei wyneb fel llosgfynyddoedd bach pothellog.

'Dewch, ferched. Mae'r gwasanaeth ar fin dechrau. Peidiwch ag oedi.' Trodd at y milwyr. 'Does gynnoch chithau, fechgyn, ddim pwt o barch. Diffoddwch eich sigarennau gerbron Tŷ Duw, da chi. Rydych chi, bob un ohononch chi, yn gywilydd i Fyddin y Brenin George.' A cherddodd mor urddasol ag y gallai i fyny'r ddau ris a arweiniai at ddrysau derw'r addoldy. Pan glywodd biffian gwawdlyd y bechgyn o'r tu ôl iddo, atgoffodd hwy ei fod yn adnabod rhywun a adnabyddai eu huwch swyddog ac y câi air ag ef ynglŷn â'u hymddygiad. Dilynodd eu chwerthin aflafar fel crawcian brain ef drwy'r cyntedd.

Wedi tynnu ei het, cerddodd heb smic ar flaenau ei draed tua'r sêt fawr, gan nodio'n gwrtais ar hwn a'r llall. Gosododd ei ben-ôl ar y clustog melfed glas a phlygu'i ben. Allai o ddim canolbwyntio ar weddïo ond arhosodd yn ei blyg a'i fysedd yn pwyso'n ysgafn ar ei dalcen am gyfnod addas. Wrth godi'i ben, sgubodd ei law dros ei wallt prin a nodio cyfarchiad i gyfeiriad Ieuan Preis y teiliwr, a eisteddai yng nghornel bellaf y sêt fawr.

Tynnwyd ei sylw oddi ar esgyniad y Parchedig Ellis Prydderch i'r pulpud gan dwrw sawl pâr o draed trwm yn trampio i'r seddi cefn. Dyn busneslyd oedd Robert Ifans ond gan fod y gweinidog wedi ledio'r emyn gyntaf a Miss Maria Parri, Vale View, yn pedalu meginau'r harmoniwm yn orffwyll allai o'n ei fyw edrych dros ei ysgwydd. Prin y gallai aros am ddiwedd y cyflwyniad cerddorol fel y gallai sefyll ar ei draed a throi i wynebu'r gynulleidfa. Taflodd gipolwg dros y dorf gyfarwydd. Dacw nhw. Fel ag y tybiodd, llond sêt o filwyr ... a Florence Jones. Roedd gan honno wyneb – y fath haerllugrwydd yn dod i'r capel am y tro cyntaf ers blynyddoedd, dim ond am fod 'na soldiwrs yno. Isio creu argraff, m'wn, er mwyn i'r bechgyn feddwl ei bod hi'n barchus ac yn byw'n agos at ei lle. Pach! Doedd hi fymryn gwell na'i dwy chwaer. Roedd si ar led nad oedd yr un dyn yn y dre'n ddiogel pan fyddai Cathrin a Gwen o gwmpas. Poethodd fymryn.

Sylweddolodd Robert, wrth eistedd i lawr, nad oedd wedi canu gair o'r emyn, dim ond sefyll yn stond fel crëyr glas yn rhythu â'i geg ar agor. Doedd o ddim hyd yn oed wedi gwenu ar Miss Maria wrth yr organ na sylwi ar y ceirios ar ei het yn bownsio'n hyfryd wrth iddi siglo o ochr i ochr. Am Miss Maria y byddai Robert Ifans yn meddwl yn nhywyllwch ei lofft ac yn y dirgelwch a lechai dan ei garthen bob nos. Suai llais y pregethwr, a ddarllenai rhyw ddarn o'r Gair Sanctaidd, fel cacwn swrth yn rhywle yng nghefn ei ben.

Caeodd y Parchedig glawr y Beibl gyda chlec a ysgwydodd Robert Ifans o'i fyfyrdod.

'Rhif yr emyn dau gant chwe deg a dau. I'w chanu ar y dôn Luther.' Lediodd Ellis Prydderch yr ail emyn a'i ddannedd gosod llac yn clepian yn ei geg. Bron na swnient fel carnau ceffyl yn clip-clopian ar hyd y llawr pren. Clywodd Robert Ifans bwff o chwerthin o gefn y capel a phesychiad euog ar ei ôl yn ymgais i'w guddio.

Nid yw pleserau penna'r Byd
Ond twyll a gwagedd oll i gyd;
Mor fyr yw mwyniant pechod ffôl
Wrth dragwyddoldeb maith sy'n ôl.

tair chwaer, a siomwyd ef pan welodd Florence yn cerdded ar fraich ei mam fel hwyaden dan bwysau ei beichiogrwydd rhyw flwyddyn neu ddwy'n ôl. Ond roedd y bachgen ifanc yn ei lifrai newydd wedi aros gyda hi'r bore 'ma, ac er gwaetha'r ffaith nad oedd wedi deall gair o'r oedfa roedd o'n amlwg yn hogyn wedi'i fagu'n barchus. Chwarae teg iddo fo. Rhaid fod ganddo ddiddordeb go iawn ym merch 'fenga yr hen Ned i ddioddef awr annealladwy o glecian dannedd y Parch. Ellis Prydderch. Cynhesodd calon Robert Ifans yn annisgwyl tuag at y ddau ifanc a gwenodd yn gyfeillgar arnyn nhw dros ei sbectol gron. Cawsai ei ffydd yn ieuenctid y dyddiau tywyll hyn, a'r Kaiser a'i giwed anwar yn bygwth heddwch byd, ei adfer rywfaint.

'Ddeallais i ddim gair!'

'Be' am 'Amen'?'

'Do. Dim ond 'Amen',' chwarddodd, ei lygaid llwydion yn serennu wrth edrych ar Florrie yn ei sgert sidan ddu a'i blows wen.

'Dwi'n falch iawn ohonat ti. O leiaf roeddet ti'n ddigon o ddyn i aros efo fi tan y diwedd, nid rhedeg allan yn chwerthin yn blentynnaidd fel y gwnaeth dy ffrindia!'

'Pan soniaist ti am fynd i'r capel, wnes i ddim meddwl am funud y byddai'r gwasanaeth hefyd yn Gymraeg.'

'Dim ond Cymraeg maen nhw'n 'i siarad yn y capel,' cyhoeddodd Florrie'n wybodus. 'Doeddet ti ddim yn mynd i'r capel adra 'ta?'

'Oeddwn. Wel, i'r eglwys â dweud y gwir, ond Saesneg oedd hwnnw. Fûm i ddim ers i Jane, fy mam, farw. Roedd

arogl y lle'n fy atgoffa ohoni. Allen i ddim mynd.'
Ysgydwodd ei ben a gwasgodd Florrie ei law. 'Er 'mod i'n
falch o gael bod yn dy gwmni di y bore 'ma, honna oedd
awr hira 'mywyd i.' Smaliodd Byrti sychu chwys oddi ar ei
dalcen.

Ymlwybrai'r ddau tua'r prom ar ôl yr oedfa, yn dal
dwylo a siglo'u breichiau 'nôl a mlaen.

'Pwy oedd y creadur bach doniol â'r wyneb coch a
lympiau arno? Roedd e'n eistedd yn y ffrynt.'

'Bobi Gas,' chwarddodd Florrie. 'Hen drwyn ydy o, ond
mae 'i galon o'n y lle iawn.'

'Ai'r wraig oedd yn chwarae'r organ yw ei ffansi-ledi e?'
holodd Byrti?

'Pam wyt ti'n meddwl hynny?' Trodd Florrie i'w
wynebu.

'Wnest ti'm sylwi? Roedd 'i dafod e bron â llyfu'r
ffrwythau oddi ar ei het hi!'

'Taw â dy hen lol!' Gwthiodd fraich Byrti'n chwareus
nes iddo daro dynes fonheddig a ddeuai i'w cyfarfod.
Cododd ei pharasol yn fygythiol i'w gyfeiriad. Rhedodd y
ddau gariad tua'r prom gan chwerthin.

Bythefnos yn ddiweddarach, rhochiai Edwin yn y gwely
wrth ochr Byrti, â'i geg ar agor. Roedd eu llofft yn nhŷ Mrs
Roberts yn fach ond yn glyd. O leiaf, doedd dim rhaid iddo
bellach rannu gwely gyda'i frodyr iau. Rhoddodd Byrti
bwniad sydyn i fraich Edwin a throdd hwnnw i gysgu ar ei
ochr. Bu tawelwch am sbel ond hyd yn oed wedyn ni
ddaeth cwsg i Byrti. Byddai'n cyfarfod â theulu Florence
drannoeth. Beth tybed a welai hi ynddo: crwt ifanc,

Dechreuodd Byrti ddwyn i gof y diwrnod hwnnw pan ddywedodd Florrie wrtho am John Love. Roedd y ddau ohonynt yn cistedd ar wal y prom yn sgwrsio am deuluoedd y naill a'r llall. Hwn oedd yr ail waith iddyn nhw fynd am dro gyda'i gilydd ac roedd Byrti wedi mentro gafael yn llaw Florrie i'w helpu i gerdded i lawr y grisiau carreg i'r traeth. Thynnodd hi mo'i llaw i ffwrdd a llamodd calon Byrti am na chawsai erioed gyffwrdd â llaw merch o'r blaen. Hoeliodd ei lygaid yn edmygus arni tra siaradai. Erbyn iddi hi gyrraedd diwedd hanes trist ei brawd, roedd llais a llygaid Florrie yn llawn dagrau.

'Mae 'i wraig o, druan, yn weddw yn bump ar hugain oed, a dim ond wyth mis oedd y bychan pan gollodd ei dad. Wn i ddim sut ar y ddaear y bydd hi'n medru cadw deupen llinyn ynghyd. Mae Mam yn deud y gwneith hi ofalu am John bach ei mwyn i Olive fynd yn ôl i'w gwaith yn y Maypole ond mae gan Mam ormodedd ar 'i phlât yn barod efo'r hogia bach, a ...' Daeth pwl arall o wylo drosti.

Wyddai Byrti druan ddim sut i ymateb i'r fath arllwysiad emosiynol, ac wedi gwthio'i hances yn ffrwcslyd i'w llaw, rhuthrodd mewn panic at y stondin felysion agosaf. Pan orffennodd Florrie chwythu ei thrwyn, roedd Byrti yn dal clamp o hufen iâ fel cwmwl o wlân cotwm o'i blaen a'i lygaid llwyd yn llawn cydymdeimlad.

'Mi wneith hwn i ti deimlo'n well.' Gwenodd Florrie'n wan arno.

Dychwelodd meddwl Byrti i gegin ganol Florrie. Edrychodd ar lun mewn ffrâm aur o'r pêl-droediwr balch yn gwisgo'i gap rhyngwladol ar y dresel derw. Ond ddywedasai hi ddim gair am y brawd arall â'r enw rhyfedd a'r breichiau diffrwyth. Ddywedodd hi ddim wrtho chwaith mai Cymraeg oedd iaith y teulu. Cymraeg bob gair, pan nad oedden nhw'n siarad ag e. Duw a ŵyr beth roedden nhw'n ei ddweud amdano! Oni wydden nhw mai iaith farw oedd y Gymraeg? Mai iaith methiant ac aflwyddiant oedd hi? Cofiai eiriau ei dad pan fyddai ei fam-gu yn ymweld â nhw yn Nhredegar Newydd: 'Welsh is the language of regression. English is the language of progression. Jane, what have I told you about talking in that useless gibberish?' Un o'r Gelli oedd 'Gu', a Chymraeg siaradai ei fam a hithau'n naturiol, tan y diwrnod hwnnw pan glywodd ei dad y ddwy'n brysur yn y gegin yn paratoi swper ac yn sgwrsio'n hapus yn eu mamiaith. 'Children!' gwaeddodd ar ei blant. 'This is *Grandma*, not that idiotic Welsh word your mother taught you. I never want to hear Welsh spoken in this house again. Do you all hear me? Never!'

Penderfynodd Byrti, wrth eistedd yng nghegin glyd y teulu, mai ei ddyletswydd fyddai trafod hyn â Florence pan gâi gyfle, er mwyn pwysleisio'r niwed roedd hi a'r teulu'n ei wneud iddyn nhw'u hunain wrth ymarfer y fath iaith bydredig. Ar ffermydd anghysbell gyda'r tomenni tail: dyna le'r Gymraeg.

'Dewch hogia! Mae'ch te chi ar y bwrdd,' gwaeddodd Elin Jones i dywyllwch y pasej. Clywodd Byrti sŵn esgidiau ar y llawr teils a charlamodd dau fachgen bach i'r ystafell fel ebolion gwyllt. 'Eisteddwch wrth y bwrdd,' gorchmynnodd eu nain. Doedd yr un ohonynt yn fawr hŷn na rhyw bump oed. Cododd Ned ei lygaid o'r papur newydd.

Pennod 4

Mr Fassy – Y Rhyl, Mai 1915

Chwipiodd Ned i mewn i'r gegin ganol ar ddwywaith ei gyflymder arferol. Nid yn unig roedd copi cyfredol y *Rhyl Advertiser* wedi'i lapio'n dwt o dan ei gesail, sylwodd Byrti, ond roedd stori boeth yn llosgi twll ar flaen ei dafod!

'Mr Fassy!' ebychodd.

'Pwy?' Cododd Elin ei phen o'r bwrdd pobi. Bu'n ddiwrnod digon cynhyrchiol – roeddd rhes o dorthau ffres, pob un wedi'i lapio mewn lliain, ar ben eitha'r bwrdd mawr. Atgoffai'r arogl cynnes Byrti o gegin ei gartref 'slawer dydd pan fyddai e a'i chwiorydd bach yn helpu eu mam i dylino'r toes ar gyfer pobi bara'r wythnos.

'Mr Fassy. Y barbwr!' Agorodd Ned gareiau ei sgidiau gwaith, sgubo'r mymryn llwch lli a lynai yng nghoesau ei drowsus i gwpan ei law a'i daflu'n daclus i lygad y tân. Gosododd y sgidiau wrth ochr ei gadair a chodi'i getyn gorau.

Estynnodd Elin baned iddo ac un arall i Byrti, a gyraeddasai ar ôl cwbwlhau ei ddyletswyddau am hanner awr wedi pedwar. Ymlaciai hwnnw yn ei grys, a siaced ei iwnifform wedi'i bachu ar gefn y drws. Roedd e'n gwbl gartrefol yma gyda'r bobl y daeth i'w hystyried yn deulu iddo bellach. Doedd dim taten o ots gan yr un ohonyn nhw mai crwt a aned i ferch ddibriod oedd e. Cynhesodd ei galon tuag atynt unwaith yn rhagor wrth i Ned lyncu cegaid o'i de chwilboeth y ffordd chwith. Sychodd Ned ei lygaid â llawes ei grys ac ymbalfalodd ym mhoced ei wasgod am ei faco.

'Cym'ra bwyll, Nedw. Does 'na'm brys. Aros i Byrti a finna eistedd i lawr efo'n paneidiau, ac mi gei ditha ddeud dy stori am Mr Fassy.' Plygodd Elin i osod ei hun yn gyfforddus ar y gadair siglo ger y stôf. 'Be' sy' 'di digwydd i'r cr'adur druan rŵan?'

'Mae o yn fama.' Chwifiodd yr *Advertiser* fel fflag o flaen trwyn Elin.

'Pwy? Mr Fassy yn y papur? Mi wn i fod ganddo fo adfyrt ar flaen y papur bob wythnos yn canmol ei siop torri a steilio gwallt. Oes 'na rwbath arall felly?'

Teimlai Elin ryw drueni rhyfedd dros Mr Fassy bob tro y byddai'n pasio ei siop yn Stryd y Frenhines. Deuai arogl persawr hyfryd drwy'r drws agored ar ddiwrnodau braf. Stwff gwneud ogla da ar wallt budur, chwedl Gwen. A byddai'r dyn ei hun yn drwsiadus mewn trowsus du, y plyg yn finiog fel rasel a'i esgidiau pêtynt-leddyr yn disgleirio o dan ei spats. Côt wen wedi'i startsio fyddai'n cadw'i grys a siaced ei siwt yn lân. Irwyd pob cyrlen ddu ar ei ben yn berffaith llyfn heblaw am yr un a gribwyd yn fflat ar ei dalcen. Pan nad oedd gan Mr Fassy gwsmer, cerddai'n hamddenol o gwmpas ei siop gan droedio'n ysgafn ar y teils du a gwyn fel dawnsiwr. Byddai'n gosod ac ailosod cribau a brwshys blew a sisyrnau sgleiniog mewn rhesi taclus. Sythai'r drychau a'u fframiau pren addurniedig, y potiau eli a'r sebon, a chadwai fin bob rasel yn llym drwy eu hogi'n erbyn strop lledr llydan a grogai o gefn un o'i gadeiriau duon, uchel. Brwsiai lwch anweledig oddi ar ei gôt wen, berffaith. Allai aelodau teuluoedd cyffredin y dref ddim fforddio prisiau Mr Fassy, fodd bynnag. Roedd un o hen sisyrnau mam Elin yn gwneud y tro i dorri ffrinj bob un i'r hogia, a byddai clipars llaw Ned ar iws bob tro yr âi godre'r gwallt i gyffwrdd coler. Powlen pwdin clwt a roid ar y pen a barbio'n daclus hyd at ymyl y bowlen wedyn. Gweithiai'n berffaith bob tro.

'Fues i yn siop Mister Fassy un tro 'sti, Byrti,' meddai Elin. Cyn iddo ymateb, torrodd Ned ar ei thraws:

'Pam d'wad? Oeddat ti isio shêf?' Bu bron iddo dagu eilwaith wrth biffian chwerthin i'w baned.

'Edward Jones. Rhag dy g'wilydd di,' cellweiriodd Elin, gan roi clamp o winc i Byrti. Doedd y bachgen swil ddim wedi llwyr ddygymod eto â'r tynnu coes rhwydd a nodweddai'r teulu. Roedd awyrgylch glòs, hamddenol yr aelwyd hon mor wahanol i'w hen gartref yn y Cwm ble bellach y teyrnasai Annie, ei lysfam ddi-serch. Roedd hi'n braf ymlacio yma yng nghegin glyd cartref Florrie cyn i'r haid drystiog gyrraedd adref o'r ysgol a phawb ar lwgu. Gosododd Elin ei phen-ôl yn dwt ar gadair siglo ac estyn cwpan at ei gwefusau. 'Mi es i yno efo 'mrawd ryw dro pan oedd o adra o'r Ocsfford 'na. Barbar pobol fawr ydy Mr Fassy ti'n gweld, Byrti. Yntê Ned?' Cododd flaen ei thrwyn â'i bys yn awgrymog.

Nodiodd Ned ei gytundeb, clirio'i wddw, a pharatoi drachefn i ddechrau ar ei stori, ond bu bron i fflam ei fatsien â llosgi'i fysedd. Diffoddodd hi mewn pryd, ac ysgydwodd ei law i geiso oeri'i fysedd poeth. Mygodd Byrti bwl arall o chwerthin.

'Wel. Yn ôl Defi Ty'n Terfyn ...' Sugnodd ar y cetyn a thampio'r baco i lawr gyda'i fawd i'w gael i dynnu'n iawn.

Chwythodd raff dew o fwg yn foddhaus drwy'i geg. 'Mi ddudodd Defi bod Mr Fass...'

'Nhad! Mam! Byrti! Chredwch chi byth be' ddigwyddodd i Mr Fassy neithiwr!' Ffrwydrodd Florrie fel bwled drwy'r drws. Pryderai Byrti fod peryg i Eric bach fownsio o'i breichiau fel pêl rygbi a glanio'n glatsh ar lawr carreg y gegin ganol. Cynhesodd ei du mewn wrth weld y ferch a fyddai'n wraig iddo mewn pythefnos; y sêr yn ei llygaid yn goleuo'r stafell a'r mymryn chwydd yn ei bol yn grwn dan ei sgert. Ar yr eiliad hon, fodd bynnag, go brin bod Ned yn sylwi ar ddim ond bod y gwynt wedi'i ddwyn o'i hwyliau – unwaith yn rhagor.

'Roedd rhaid i Mr Fassy ddengid drwy ffenest ei gegin gefn neithiwr wedi'i wisgo mewn ...' Cymerodd anadl ddofn. 'Dillad merch,' gorffennodd yn fuddugoliaethus.

'Brensiach annw'l.' Syrthiodd Elin yn drwm ar ei chadair. Roedd ceg Byrti ar agor. 'Be' oedd haru'r cr'adur druan?' holodd Elin. Oedd o'n ...?'

'Yn gorfod rhedeg i ffwrdd oddi wrth bobol y dre a falodd ffenestri'i siop a thorri'i holl offer o. Roedd ei ddrychau o'n siwrwd dros y llawr teils neis 'na a sebon a sent a ballu dros y lle i gyd. Roedd y cwbwl yn drewi fel puteindy, medda Musus Mason.' Cwblhaodd Florrie'r stori.

'Ond pam?' Doedd Elin ddim yn deall pam fod pobl y dre wedi bod mor ffiaidd efo'r gŵr bonheddig a sefydlasai ei hun yn y dre ers dros ddegawd. Dim ond geiriau da oedd gan y trigolion amdano.

'Am mai Jyrman yw e?' holodd Byrti, gan godi ar ei draed. Rhyfeddai ato'i hun yn ymateb mor fyrbwyll i stori na ddeallai ond llai na'i hanner hi. Caeodd ei ddyrnau mewn chwa sydyn o dymer. Bu rhai o'i gyd-filwyr yn bytheirio y tu allan i orsaf heddlu'r dref echnos am fod tiwniwr piano teithiol a amheuid o fod yn ysbïwr Almaenig yn cael ei gadw yno.

'Dyna'r peth, Byrti. Nid Jyrman ydy o. Ti'm yn cofio, Ned? Roedd o yn yr *Advertiser* reit ar ddechra'r Rhyfal? Roedd Mr Fassy wedi mynnu eu bod nhw'n rhoi yn y papur mai o'r Swistir mae o'n dŵad. Er mai Jyrman maen nhw'n siarad yn fanno hefyd, am wn i ...' gorffennodd yn gloff. Llyncodd weddill ei the a sychu'i gwefusau â chornel ei brat. 'Reit, pwy sydd am lobsgows?' Boddwyd cwestiwn Elin gan leisiau croch Ffranci a Georgie yn rhuthro i lawr y pasej o'r ysgol ar eu cythlwng.

'Ond be' achosodd y terfysg neithiwr felly?' Roedd llais Florrie bron yn sgrech erbyn hyn a'r holl gynnwrf wedi deffro Eric bach a agorodd ei geg i weiddi cyn iddo sylwi fod Byrti'n dal ei freichiau allan iddo fo.

'Dada.' Gwenodd gan wingo o afael ei fam, setlo'i hun ar lin Byrti a thynnu strapiau ei fresus bob yn ail.

'Am fod y Lusitania wedi'i suddo gan U-Bôt,' cyhoeddodd Ned yn wybodus gan forthwylio'r papur newydd gyda blaen ei fys. 'Dyna be' o'n i'n trio'i ddeud gynna! Mae o'n deud fama'n y papur bod teimlad cry' yn erbyn y Jyrmans ymhob rhan o Brydain, a bod unrhyw un sy'n cael ei amau o fod yn un ohonyn nhw yn sglyfa'th i bobol sydd wedi'u cythruddo gan y colledion enfawr mae'r Rhyfal gythra'l 'ma wedi'i achosi.'

Rhoddodd Byrti ei big i mewn. 'Roedd Edwin ac Albie wedi clywed y tiwniwr piano hwnnw'n mwydro yn ei gwrw yn y Liverpool Arms yr wythnos ddwetha, dweud na fyddai

hi'n hir cyn i wersyll Parc Cinmel gael ei chwythu'n yfflon.
Fe gafodd ei arestio dranno'th os 'ych chi'n cofio.'

Siglai Byrti y plentyn yn ei freichiau wrth iddo siarad
ac aeth hwnnw i gysgu â'i fysedd tewion yn mwytho llabed
clust ei lystad. 'Chafodd y dorf o'dd am 'i waed e y tu fa's
i swyddfa'r heddlu mo'u dwylo arno fe, a phenderfynodd
criw y noson ganlynol fynd am Mr Fassy. Fe wnâi e y tro'n
iawn. Wedi'r cwbwl, ro'dd e bron yn Jyrman.'

'Lle mae o rŵan? A be' am 'i wraig a'i hogyn bach o? A
be' am 'i fusnes o?' Saethodd Florrie ribidirês o
gwestiynau, a heb aros am ateb i'r un ohonyn nhw,
eisteddodd ar y gadair agosaf. 'Druan o Mr Fassey.'

'Duw a ŵyr. Does 'na'm sôn amdano fo na'i deulu, yn
ôl Defi. Yn llochesu yn rwla, siŵr o fod. Mi fuo fo'n ffodus
i ddianc yn fyw. Tasa hogia meddw'r dre 'ma wedi cael
gafael ynddo fo, mi fasan nhw wedi'i ddarn-ladd o. Does
'na'm byd sicrach.' Tynnodd Ned ar ei getyn a syllu'n
fyfyrgar i'r tân. 'Deffinet.'

'Tro i'r chwith, croesa'r ffordd a sleifia rhwng siop Barnet-
Evans a'r Liverpool Arms. Dyna'r ffordd gyflyma.' Roedd
Florrie'n dal wrth y drws yn gweiddi cyfarwyddiadau pan
ddiflannodd Byrti heibio wal y dafarn ac ar hyd yr hen
lwybr sindars. Fuodd e ddim y ffordd hon o'r blaen ond
roedd e'n hwyr i gyfarfod y bechgyn – o leiaf, dyna
ddywedodd e wrth Florrie. Ar y chwith iddo, roedd teras
bychan, tlodaidd, bron o'r golwg y tu ôl i gefn tafarn y
Ceffyl Gwyn. Tai isel oedden nhw, fawr talach nag ef ei hun,
a mwsog a glaswellt yn tyfu dros y toeau. Chwaraeai tri o
blantos gyda phriciau a cherrig mewn pwll budr yn y cowt

o flaen y tai. Safodd i edrych arnynt a golchodd rhith o atgof drosto fel cwmwl yn chwipio'n annisgwyl dros yr haul.

'Hei, Byrti!' Gwaeddodd Edwin ac Albie arno o ben arall y llwybr. 'Dere. 'Yn ni ar ein ffordd i'r Ceffyl Gwyn. Doedd 'na'm llawer o lonydd i gael sgwrs yn y Mona, dim ond giang o ffermwyr yn parablu'n Gymraeg. Ddaethon ni o'na, yn do Albie? Do'dd dim modd clywed dy hunan yn meddwl. Ro'dd tad Florrie'n morio canu hefyd. Synnwn i ddim nad yw e wedi yfed arian rhent dy fam yng nghyfraith ers amser cinio!'

'Fe ddo' i ar eich holau chi mewn muned. Mae gen i neges bwysig gynta.'

Gadawodd Byrti y ddau, a throi i gyfeiriad Stryd y Farchnad. Yn y pellter, gallai weld arwydd ei gyrchfan; tair pelen aur yn sgleinio yn haul diwedd y pnawn. Roedd llyncu ei boer fel ceisio gwthio gwydr i lawr ei gorn gwddw. Carlamai ei galon a glynai ei dafod yn ei daflod. Gallasai fod wedi gwagio gwydr peint ar un llowc, ond roedd ganddo orchwyl hollbwysig i'w chyflawni'n gyntaf; un na thybiai y byddai'n ei hwynebu am flynyddoedd eto. Roedd e am brynu modrwy briodas i Florrie.

Fu e erioed mewn siop o'r fath o'r blaen, er y gwyddai y byddai rhai o'i gyd-filwyr yn gwneud defnydd helaeth o'r gwasanaeth a gynigid ynddi. Unwaith, cofiodd yn ffyrnig, cymerodd Annie, ail wraig ei dad, gadwyn aur Jane ei fam i'w gwystlo mewn siop debyg yn y pentref. Bu rhyfel cartref yn y tŷ pan ddaeth Alfred i wybod – yn enwedig wedi iddo ddeall, pan aeth i glirio dyled ei wraig afradlon, fod y gadwyn eisoes wedi'i gwerthu i rywun o'r Bargoed. Roedd gan Alfred ormod o hunan barch i fynd draw i'r cwm nesaf i guro drysau er mwyn chwilio am y gadwyn, ac er iddo feddwl anfon ei wraig ymaith, bodlonodd yn y diwedd ar ei churo. Roedd yn gas gan Byrti ei lysfam ond roedd ei bloeddiadau a'i herfyniadau taer wrth i ddyrnau Alfred ei tharo wedi gwneud iddo deimlo'n dost. Weithiau, ar ei waethaf, gallai Byrti ddal i glywed pwniad ei phen wrth iddo daro wal y llofft fach.

Syllodd drwy'r bariau heyrn a amddiffynai ffenest y siop ar y wledd o fodrwyau, breichledi, cadwynau a broetsys. Ble i ddechrau? Wel, roedd hynny'n amlwg. Dim ond pum punt a chweugain oedd ganddo, felly'n anffodus, roedd y fodrwy hardd gyda phlu Tywysog Cymru arni allan o'i gyrraedd yn syth. Roedd honno'n seithbunt; y diemwntau bychain a osodwyd ynghanol bob pluen yn ychwanegu at ei gwerth, mae'n rhaid. Gwichiai'r peli aur uwch ei ben yn yr awel ysgafn a ddeuai o'r môr. Ymwrolodd a chamu i dywyllwch y siop.

Cyn iddo agor drws y Ceffyl Gwyn, gwasgodd boced ci diwnig i sicrhau fod y fodrwy werthfawr yn ddiogel ynddi, wedi'i chlymu yng nghornel ei hances. Cafodd fargen; pedair punt a choron gostiodd hi. Roedd hi'n ddeunaw carat hefyd, dim ond y gorau i'w wraig e. Gallai glywed y morio canu meddw'n atseinio yn erbyn waliau'r dafarn fechan. 'Rwyf innau'n filwr bychan, yn dysgu trin y cledd ...' ac yna llond bol o chwerthin cras.

'Peint?' Nodiodd Byrti ei ddiolch ar Albie a oedd wedi ei wasgu mewn sgrym o gyrff yn erbyn y bar. Nid bod yr anwariaid yma'n gwybod beth ar y ddaear oedd rygbi, heb sôn am sgrym, gwenodd Byrti wrtho'i hun. Ffwtbol oedd gêm y Northmyn gwyllt yma, er mai timau o Loegr a gefnogent. Rhyw dimau digon gwan a oedd yn yr ardal hon, mae'n amlwg – bu'n rhaid i ddiweddar frawd Florrie fynd i ogledd Lloegr i greu gyrfa iddo'i hun fel ffwtbolyr.

'Ar be' wyt ti'n sbio, washi? Roedd meddwl Byrti'n bell; ar lun John Love a syllai'n falch o'r ffrâm aur a ddaliai ei lun ar ddresel y gegin ganol. 'Ti 'di colli dy dafod? Wrth gwrs, ti'm yn dallt iaith y nefoedd, nag wyt? Look you, boyo. Over by there,' gwawdiodd clamp o ffermwr gan ynganu pob gair Saesneg yn bwyllog, yn union fel pe bai Byrti'n fyddar. Gwyrodd y cawr a'i ffrindiau dros filwyr y cymoedd fel teisi gwair anferth. Yn wir, gallai Byrti arogli tail yn treiddio o'u cyrff, eu dillad a hyd yn oed o'r anadl ddrewllyd a gyffyrddodd â'i wyneb.

'Welsh Regiment.' Darllenodd y cawr fathodyn penysgwydd Edwin gan redeg ei fys enfawr dros y llythrennau. Daliai hwnnw ddau beint felly ni fedrai sgubo'r balf anferth ymaith. 'Hei, hogia. Sbiwch. Cymry 'di rhain. Dyna mae o'n 'i ddeud fama, beth bynnag. Chwanag o filwyr bychain. Wyt titha'n dysgu trin y cledd, boio?' Ymollyngodd i chwerthin nes bod dagrau'n llifo lawr ei wyneb rhychiog.

'Uffernol o fach os ti'n gofyn i mi.' Ymunodd ffermwr arall yn yr hwyl. 'Lle dach chi'n byw hogia – mewn tylla cwningod?'

Atgoffwyd Byrti, wrth glywed eu chwerthin cras, o rygnu peiriant dirwyn Pwll Elliot ers talwm. Roedd dannedd y cawr mwyaf fel dannedd duon cocos yr olwyn a dynnai'r dramiau llawn o'r ffas; yn lwch glo a saim a budreddi drostynt.

'Naci, siŵr Dduw,' gwatwarodd un arall, 'mewn pylla' glo 'mhell dan ddaear. Fel tyrchod ma' petha fel hyn yn byw.' Gyda'r geiriau olaf, a chyda rhaw ei law, pwniodd frest Byrti yn union dros y boced ble llechai'r fodrwy werthfawr. Anadlodd Byrti'n gynt. Tynhaodd ei ddyrnau, ond roedden nhw'n dal i hongian wrth ei ochrau. Ar hyn o bryd.

'Galw'ch hunain yn Gymry ac yn methu siarad Cymraeg.' Doedd yr un o'r tri milwr ifanc yn rhugl eu Cymraeg ond doedd hi ddim yn cymryd sgolor i ddeall eu bod yn cael eu sarhau a'u gwneud yn destun sbort gan y pedwar llabwst cegog.

'How can you be proper men when you're too cowardly to join up?' Gwthiodd Byrti ei wyneb at ên y cawr. 'We may be small, but we're brave enough to fight for our country.'

Gwyddai Albie nad edrychai swyddog y bataliwn yn ffafriol ar gais Byrti am ddiwrnod rhydd ar gyfer ei briodas pe dygid ef o flaen ei well am godi twrw mewn tafarn. Camodd ymlaen i helpu'i ffrind. 'Dal rhain, Byrti.' Cyflwynodd Albie y ddau beint yn ofalus i Byrti ac mor chwim a llyfn â neidr, dyrnodd Albie y ffermwr mwyaf yn mhwll ei stumog nes iddo blygu'n ei hanner fel y Beibl mawr a welodd Byrti ym mhulpud Capel Carmel. Tawodd pob sŵn.

'Well i chi fynd, hogia,' galwodd y landlord, a safai y tu ôl i'r bar yn llewys ei grys. Deallodd y tri'n iawn. Damo'r blydi Cymry anwar 'ma, meddyliodd Byrti. Chawsai e ddim hyd yn oed un llowc o'i beint, ac yntau wedi edrych ymlaen gymaint i'w yfed. Aeth i osod y ddau beint yn ôl ar y bar. 'Naci, naci. Nid chi, hogia. Gewch *chi* aros. Cerwch chi o'ma.' Pwyntiodd at y drws â'i fraich flewog ac yna at y ffermwyr. Roedd hi'n dal yn dawel yn y Ceffyl Gwyn heblaw am duchan y cawr drewllyd a barhâi i ymladd am ei wynt. 'Mae 'na drên yn mynd i Drefnant mewn ugain munud. Heglwch hi, a pheidiwch â dod yn eich holau.' Trodd y pedwar am y drws wrth i'r tri milwr danio sigarét yr un a setlo wrth fwrdd ger y ffenest i wylio'r orymdaith druenus yn ymlwybro tua'r orsaf. 'Mwynhewch eich hunain, bois. Dwi bron â rhoi arwydd ar y drws cyn dydd Sadwrn nesa yn dweud 'No Welsh speaking allowed'. Maen nhw'n codi twrw ble bynnag maen nhw'n mynd ac yn difetha pob dim i bawb.'

'Petai ganddyn nhw gynffonnau, fe fydden nhw rhwng eu coesau!' Roedd Byrti'n clochdar yn ddiweddarach wrth Florrie, a chanmol dewrder ei ffrind. Byddai hanes Albie yn gorchfygu byddin o Gymry gwyllt o gefn gwlad yn siŵr o fod yn stori uchel iawn yn y ffosydd er mwyn creu argraff ar eu cyd-filwyr.

Safai Byrti yn yr iard gefn yn cael smôc fyfyriol. Roedd hi'n amser noswylio'r rhai bach a theimlai dan draed ynghanol y swpera a strach y golchi wynebau. Byseddodd y fodrwy aur yn slei rhwng ei fys a'i fawd. Cydiodd cochni'r machlud ynddi ac edrychai fel y gwnaeth gwefus gron, feddal Florrie, wrth iddi agosáu at ei geg y noson honno yng nghynhesrwydd y twyni tywod pan fuont yn caru gynta erioed. Anadlodd Byrti'r heli oddi ar yr awel. Beth bynnag fyddai ei ffawd, fan hyn oedd ei gartref bellach, gyda'r giwed lawen hon a'i derbyniodd mor ddigwestiwn i'w calonnau.

'Byrti! Mae'r hogiau'n ei gw'lau. Ty'd am dy swper. Mi gafodd 'Nhad fecryll o'r Foryd heddiw.' Diffoddodd gwreichion ei sigarét dan ei esgid a chamodd i gynhesrwydd y gegin.

Pennod 5

Y Rhyl, Nadolig 1915

'Cod y llinyn 'na fymryn i'r chwith. Naci, i fyny. I lawr dipyn ...' Gwaeddai Rathbone gyfarwyddiadau ar ei chwaer.

'Penderfyna, wir Dduw, mae 'mraich i bron â chyffio.'

'Florence!' Simsanodd y ferch yn ei braw, collodd ei chydbwysedd a disgynnodd yn lletchwith oddi ar y stôl drithroed a glanio'n drwsgwl yn erbyn corff ei thad.

'Be' yn enw'r brenin mawr wyt ti'n 'i wneud, hogan?'

'Trimio, 'Nhad. Fedrwn ni'm cael Dolig heb gelyn coch na chadwyni papur, na fedrwn?' Wrth iddi siarad, cododd Florrie ei choes dde ar stôl ger y setl a rhwbio'i ffêr boenus.

'Troi dy droed wnest ti?' holodd ei brawd yn bryderus.

'Ia. Dim diolch i ti. 'Sat ti 'di gallu fy rhybuddio fi bod 'Nhad yn dŵad ar hyd y pasej.'

'Ti'n meddwl bod gen i bâr arall o lygaid yng nghefn fy mhen?' gwenodd Rathbone ar ei chwaer.

'Dydw i ddim wedi dŵad adra i wrando arnoch chi'ch dau'n ffraeo fel ci a hwch. Tewch, wir.' Ymestynnodd Ned ei gefn a gwenu'n flinedig ar ei fab a'i ferch. 'Mi dynnais i fy sgidia gwaith cyn rhoi fy nhroed dros y trothwy, felly chlywodd 'run ohonach chi mohona i. Ti'n gw'bod be' ddeudai honna pe down i â baw o'r stryd i mewn a baeddu'i llawr glân hi.' Amneidiodd ei ben tua'r sgylyri o ble y deuai cloncian sosbenni. Gloywai ei lygaid bychain wrth iddo drio mygu'r chwerthiniad oedd yn bygwth ffrwydro fel gwynt o bledren mochyn yng ngwaelod ei fol.

'Ond o ddifri, Florrie fach,' pesychodd yn dadol, 'ddylet ti ddim bod ar ben stôl yn dy gyflwr di.' Amneidiodd at ei bol chwyddedig.

'Na ddylat wir,' ategodd Rathbone o'r gadair ym mhen draw'r stafell. 'Be' tasa'r bychan 'na'n penderfynu cyrraedd rŵan hyn? Faswn i fawr o help efo rhain, na f'swn?' Edrychodd ar ei freichiau'n hongian yn ddiffrwyth.

Ceisiodd Florrie guddio embaras ei brawd. 'Milwr dewr ydy dy dad di yntê, 'mach i?' Parablodd yn dyner â'i bol wrth rwbio cylchoedd dros waelod ei chefn efo'i llaw chwith. 'A chofia, frawd,' ychwanegodd yn fawreddog, ''mod i'n wraig briod barchus bellach.'

'Mi oedd hi'n hen bryd i rywun dy barchuso di, chwaer fach,' oedd ei ateb parod. Cododd Florrie ei chlwtyn llestri yn belen a'i anelu at ei brawd.

'Shot dda,' mwmialodd llais o berfeddion y cadach. 'Rŵan ty'd i dynnu'r sglyfath peth drewllyd 'ma o 'ngwynab i.'

Rhuthrodd Florrie ar draws y stafell yn llawn ffrwst gan deimlo cywilydd ei bod unwaith yn rhagor wedi anghofio nad oedd ei brawd bellach yn medru ei amddiffyn ei hun rhag ei hymosodiadau plentynnaidd. Ond bachodd ymyl ei sgert laes yn sawdl ei hesgid, ac am yr ail dro o fewn pum munud roedd Ned wedi ei dal cyn iddi daro'r llawr.

'Ista'n fama,' gorchmynnodd. A phaid â symud o'na nes y bydda i wedi dwad â phanad boeth efo dwy lwyaid o siwgwr i ti.'

'Rhywun yn sôn am banad?' Hwyliodd Elin i'r gegin ganol a llond ei hafflau o ddillad glân oddi ar y lein. Bu'n ddiwrnod rhyfeddol o fwyn, o ystyried ei bod bron yn Ddolig, a sychodd y dillad yn braf. Byddai Elin wrth ei bodd yn gwylio'r cynfasau yn bochio fel hwyliau gwynion ac edrychai ymlaen at gael twymo'r haearnau poeth ar stôf y gegin, poeri arnyn nhw fesul un er mwyn profi gwres y metel ac yna smwddio'r dillad gwely'n llyfn fel marmor cyn eu taenu'n ôl ar y gwelyau. Cosai arogl glân y cotwm startsiog ei ffroenau wrth iddi hi blygu'r defnydd. Gosododd hwy i galedu ar hors bren a grogai uwchben y stôf. Yn unol â gorchymyn ei thad, roedd Florrie'n dal ar ei heistedd, ac yn ddistaw bach, doedd arni fawr o awydd codi. Roedd ei chefn a'i bol yn cnoi braidd. Byddai Eric bach yn dihuno toc, a'i sgrechfeydd lysti'n llenwi'r tŷ wrth iddo ddeffro'n ddisymwth o drwmgwsg. Edrychodd Florrie ar y sbrigyn celyn a syrthiasai ar y llawr gynnau. Byddai'n well iddi'i godi cyn i rhywun sathr...

'Nefoedd yr adar bach!'

Rhy hwyr, meddyliodd Florrie. Bloeddiai Ned fel corn niwl dros y gegin wrth ddawnsio ar un droed a cheisio tynnu pigyn deilen celyn o fan tyner ynghanol ei droed arall.

'Ac rydach chi'n deud bod Eric bach yn medru sgrechian, 'Nhad,' chwarddodd Florrie. Ciledrychodd ar ei brawd oedd yn chwerthin nes bod dagrau'n pistyllio'n rhaeadrau i lawr ei fochau. Roedd yn braf ei weld felly. Fu gan Rathbone fawr i lawenhau yn ei gylch ers i'r ddamwain a gawsai yn yr iard goed wasgu ei gefn a difetha nerfau ei wddw. Bu ei ddwy fraich yn ddiffrwyth ers chwe blynedd bellach a'i obeithion am gael dilyn ei frawd i fyd cyffrous y pêl-droediwr proffesiynol wedi eu dryllio mewn amrantiad.

'Florrie? Wyt ti'n iawn? Deffra. Mae gen i banad i ti.'

Agorodd Florrie ei llygaid led y pen. Gallai weld y blodau pinc a glas yn dawnsio ar y gwpan wen rhyw droedfedd o flaen ei thrwyn, ond allai hi ddim yn ei byw dorri drwy'r niwl o boen a'i hamgylchynai. Lledodd ei llygaid a syllai'n ddall ar y gwpan yn mynd a dod, a gwnaeth ystum diamynedd i'w chyfeiriad. Roedd ceg ei mam yn symud. Roedd tu mewn y geg yn anferth fel ogof fawr, goch, ond chlywai Florrie 'run gair. Doedd dim yn bodoli iddi hi bellach, dim ond gwasgfa'r boen a olygai bod ei babi hi a Byrti'n rhwygo allan o'i chroth yn ffyrnig o sydyn.

'Rathbone! Gwna rwbath.' Ystumiodd hwnnw ar ei fam er mwyn ceisio gwneud iddi ddeall mor ddibwrpas oedd ystyried y gallai o, o bawb, fod o unrhyw help.

'Duwcs, brysia hogyn. Does na'm byd o'i le efo dy goesau di. Picia i nôl Cathrin a Gwen.' Gwelodd Elin bod ei mab ar fin dweud rhywbeth, felly aeth ymlaen. 'Mi fydd angen help dy chwiorydd arna i. Dos, wir Dduw, neu mi fydd y babi 'ma wedi cyrradd cyn i ti adael y tŷ.'

'Ned. Rhed ditha i nôl dŵr berw a llieinia.'

Sgrialodd Ned i'r sgylyri yn ufudd gan bendroni tybed beth oedd cynlluniau Elin ar gyfer y ddysglaid ddŵr a'r tyweli. Doedd wiw iddo holi chwaith.

Wedi i Rathbone gasglu Cathrin o'r tŷ ar Bath Street lle roedd yn gweini, anelodd y ddau am Kirk's

Picturedrome, ond roedd Gwen eisoes wedi cychwyn adref o'i gwaith a gwelsant hi'n dod i'w cyfarfod. Hi oedd yn gwerthu'r tocynnau ac ambell dro câi hebrwng pobl i'w seddau a sefyllian i weld pwt o ffilm. Y *Keystone Cops* oedd ei hoff lun ar hyn o bryd. Byddai sŵn llond theatr o bobl yn morio chwerthin yn ormod iddi hi ar brydiau a dyheai am sbecian ymhellach drwy'r drws i gael gweld un ffilm gyfan ryw dro. Ar y funud, fedrai hi'n ei byw gofio enw'r trempyn bach mwstashiog â'r cerddediad doniol a wyliasai ar y sgrin y pnawn hwnnw. Charlie rwbath. Chupley? Chipley? Chapley? Cerddodd yn ei blaen â'i meddwl yn bell. Roedd hi am fynd i gyfarfod Harold eto yn hwyrach ymlaen – roedd consyrt parti'n perfformio yn Theatr Cheethams ar Market Street. Teulu cyfan oedden nhw: mam, tad a'r plant i gyd yn dawnsio ac yn canu banjos. Dotiai Gwen at hyblygrwydd chwim eu byscdd a'r sain lawen a ddeuai o'u hofferynnau rhyfedd ac a wnâi i'w thraed gosi a mynnu dawnsio. Byddai Harold yn gorfod rhoi ei law ar ei phen-glin i lonyddu'r tap, tapian. Dyna oedd ei esgus o, beth bynnag, meddyliodd gyda gwên slei.

'A lle mae dy feddwl *di*, tybed?' Safai Cathrin a Rathbone o'i blaen ar y stryd.

'Ym ...' Roedd celwydd parod ar flaen ei thafod ond sylwodd fod golwg ffrwcslyd ar ei brawd a'i chwaer.

'Be' sy'? Florrie?'

'Ia. Ty'd rŵan. Fydd hi ddim yn hir, yn ôl Mam.'

Roedd hi'n tywyllu ac yn bwrw hen smwclaw a ddaethai o gyfeiriad y môr. O flaen Neuadd y Dref, safai Robert Ifans yn syllu'n ddwys ar wyrth y lampau trydan. Fesul un, cynheuai lampau'r stryd gan daflu pyllau disglair o oleuni ar y palmentydd. Bob nos, wrth iddi nosi, gadawai Robert Ifans ei gartref yn Stryd y Dŵr a cherdded ei hen lwybr o gwmpas y strydoedd yn ail-fyw'r blynyddoedd y bu'n aros wrth bob polyn lamp nwy a'i gynnau â'r teclyn main a arferai ei gario. Roedd adnabyddiaeth Robert o fywydau trigolion y dref heb ei ail a bu'n dyst i lawer ffrae a chwffas dros y blynyddoedd. Hawdd fyddai iddo aros yn hirach nag arfer wrth lamp a 'wrthodai' gynnau. Daethai yn arbenigwr ar foeli'i glustiau, a dysgodd dameidiau blasus am ei gyd-drigolion, hyd yn oed drwy ffenestri neu ddrysau. Gweddïai dros bob pechadur yn nosweithiol – ar ei liniau wrth ei wely ac yn y sêt fawr yn y Seiat yng Ngharmel ar nos Iau. Sylwodd ar Rathbone, druan, a'i chwiorydd hurt yn gorymdeithio'n drystiog i lawr Stryd Wellington, ar frys gwyllt. I lle oedden nhw'n mynd? Genod powld, coman oedden nhw, ym marn Robert, yr un o'r ddwy wedi t'wyllu'r capel ers i'w taid farw. Clywsai mai hen feddwyn oedd Ned eu tad hefyd, er bod hwnnw'n medru bod yn ddigon poleit a gwaraidd pan na fyddai'n canu ac yn rafio o'i hochr hi wrth gerdded adra o'r Mona berfeddion nos. Ond chwara teg, roedd Ned yn dipyn callach na'i dad, Wil Cocls, a fu o flaen ei well yn amlach nag yr oedd o'i hun wedi bod yn y Seiat! Teimlai Robert drueni dros Elin, druan. Be' ddaeth dros ei phen hi, yn priodi i deulu o giaridyms fel y Cocls, a'i thad yn flaenor uchel ei barch yn y dre ers talwm?

'Sbia pwy sy'n fan'na!' Pwniodd Gwen fraich Cathrin. 'Yr hen Bobi Gas anghynnas 'na. Cerddwch heibio, da chi, neu mi fydd o'n holi'n perfedd ni.'

'Be' sy' matar?' holodd Robert Ifans. 'Oes 'na dân?' Chwarddodd yn wichlyd ar ei jôc dila ei hun. Stopiodd Rathbone i ateb yr hen ŵr yn gwrtais.

'Florrie sy'n ca'l babi.'

'Deu, does 'na'm llawer ers iddi briodi'r sowldiwr bach 'na o'r sowth. Druan ohoni'n dŵad â phlentyn arall i'r byd drygionus 'ma, mor fuan ar ôl cael Edgar. Plentyn siawns oedd hwnnw, os dwi'n cofio'n iawn, yntê?' Anwybyddodd y merched y pwyslais gwatwarus yn ei frawddeg a gwthiodd y ddwy heibio'r dyn yn ddigywilydd.

'Eric ydy 'i enw fo, nid Edgar.' Poerodd Gwen y geirau dros ei hysgwydd at Bobi Gas. 'Dda gen i 'mo'r hen sinach,' sibrydodd wrth ei chwaer, 'fo â'i drwyn hir a'i hen wynab coch, plorynnog.'

'Sgen ti'm gwaith rŵan, nag oes Bobi Gas?' Gwthiodd Gwen ei hwyneb tuag ato'n haerllug.

'Doeddet ti'm yn gwneud llawer beth bynnag,' cellweiriodd Cathrin, 'dim ond tanio bob nos.'

'Lle mae dy wialen fawr hir di heno, Bobi?' heriodd Gwen. Suddodd y ddwy i'r palmant yn eu dyblau yn ubain fel dwy wylan.

'Calliwch!' hisiodd Rathbone gan gerdded heibio. 'Y fath g'wilydd.'

Syllodd Robert Ifans ar y merched yn chwerthin wrth agosáu at gornel y stryd fraich ym mraich. Trodd Gwen i chwifio'n wawdlyd arno cyn diflannu rownd y tro. Cerddodd yr hen ŵr ymlaen at y polyn lamp nesaf.

Yn raddol, cynyddodd cyflymder camau'r chwiorydd a gadawyd Rathbone ymhell ar eu holau. Doedd ei gerddediad ddim mor sicr a chyflym â'r lleill a phan drodd ei chwiorydd y gornel i Stryd Windsor, gwyddai Rathbone eu bod wedi hen anghofio amdano.

Toc, baglodd y ddwy chwaer i'r gegin gynnes yn prepian bymtheg yn y dwsin. Mwmialodd Elin rywbeth o dan ei gwynt.

'Be' ddwedsoch chi, Mam?'

'Dim byd. Dewch i helpu yn lle sefyll yn fan'na fel dwy hen ddafad.'

Siaradai'r ddwy yn uchel â Florrie oedd ar wastad ei chefn ar y llawr teils ag un o glustogau'r fisitors o'r parlwr dan ei phen. Gwaeddent orchmynion ar eu chwaer fel petai'r poenau geni wedi pylu ei chlyw. Roedden nhw'n union fel cefnogwyr yn annog eu tîm pêl-droed, meddyliodd Ned. Toc cyrhaeddodd Rathbone, yn bustachu fel megin ac yn wyn fel y galchen gan ei ymdrech.

'Ty'd rŵan, Flo,' harthiodd Gwen arni. 'Gwthia dy ora' glas. Mae gen i boints efo Harold am saith. Dwi'm isio bod yn hwyr.'

'Gorfadd ar y flanced 'ma,' gorchmynnodd Cathrin.

'Ar lawr?' Roedd gwich anghrediniol yn llais Rathbone.

'Lle arall?' holodd Gwen yn swta. 'Fysat ti'n lecio'i chario hi i'r llofft, ta?'

Trodd Rathbone ar ei sawdl a chlywsant ei esgidiau yn morthwylio bob gris wrth iddo ddringo i'r stafell wely a rannai gyda Ffranci a Georgie.

Roedd llygaid Florrie erbyn hyn fel dau nionyn picl gwyn yn ymwthio o'i phen. Er bod Gwen yn cywilyddio ei bod wedi bychanu'i brawd mor haerllug a difeddwl, doedd dim amser i redeg ar ei ôl a'i ddandwn, gan fod Elin, oedd â'i llaw ym mhlygion sgert Florrie, wedi datgan bod y dŵr wedi torri. Ar draws popeth, daeth bloedd groch o'r llofft.

'Blydi Eric bach!' Cipiodd Gwen odre ei sgert a'i phais yn ei dwylo a'i heglu hi am y llofft. Eiliad neu ddwy yn ddiweddarach dychwelodd i lawr y grisiau, yn baldorddi â'r bychan yn ei breichiau. Gwenodd y plentyn wrth weld ei nain a'i ddwy fodryb.

'Mama?' holodd. Diolch i'r drefn, ochneidiodd Elin, na welai Eric mo'i fam ynghanol y swp sgerti a'r penolau oedd yn eu cwrcwd ar y llawr.

'Nhad!' gwaeddodd Gwen. Ymddangosodd Ned yn swil o ddyfnderoedd y sgylyri. 'Cerwch â hwn am dro i rwla.'

'Be' haru chdi'r gloman? Mae hi wedi hen d'wllu. Tydi hi ddim yn ffit i fabi fod allan 'radag yma o'r nos, debyg iawn.'

'Wel cerwch â fo at Musus Huws drws nesa 'ta. 'Tydi fama ddim yn lle iddo fo.'

'Nac i minna.' Cydiodd Ned yn ei ŵyr a dechreuodd wneud ystumiau a wnâi i'w fwstash trwchus siglo 'nôl a blaen o dan ei drwyn. Rhoddodd Eric y gorau i nadu a gafael fel gelen ym mwstash ei daid. Trodd Ned ei ben oddi wrth ei wraig a'i dair merch, ac wrth gerdded i lawr y pasej at y drws ffrynt diolchodd ei fod yn cael dianc oddi wrth y lleisiau croch a griddfan dirdynnol Florrie. Agorodd glicied y drws a rhoi ei droed ar y palmant gwlyb. Damia! Roedd o'n dal yn nhraed ei sannau. Dychwelodd i'r tŷ, ac aeth i barlwr y fisitors am noddfa. Allai o ddim meddwl am ei hogan bach yn dioddef y fath boenau.

'Taid, Taid!' Llanwyd y pasej â thwrw tebyg iawn i hanner dwsin o fulod glan y môr yn llusgo brwsh anferth. 'Sbiwch be' gawson ni gan Dewyrth Tom!' Safai Ffranci a Georgie yn y drws a chlamp o gangen werdd rhyngddyn nhw. Camodd Ned i'w cyfarfod cyn iddyn nhw gyrraedd y gegin ganol. 'Sbiwch, Taid. Coedan Dolig!'

'Mi roddodd Dewyrth Tom hi i ni am ei helpu yn y siop. Gawn ni roi decorêshyns arni hi, medda fo. Ac mae 'na dŷ mawr ar Russell Road, wyddoch chi, pan 'dach chi'n mynd heibio'r eglwys a Bath Street?'

Nodiodd Ned. Be' goblyn oedd o'n mynd i'w wneud efo'r ddau yma rŵan?

'... wel, yn y tŷ mawr 'na ar y chwith ...'

'Eirianfa,' ychwanegodd Georgie.

'Ia. Eirianfa. Wel, mae ganddyn nhw goedan efo gola arni hi. Gola go iawn.'

'Plis, Taid. Gawn ni ola go iawn ar ein coedan ni?'

'Canhwyllau ydy'u gola go iawn nhw, medda Dewyrth Tom,' ychwanegodd Ffranci.

'Maen nhw'n mynd yn sownd yn y briga fel hyn ...' Gwnaeth Georgie siâp gefail yn agor a chau gyda'i fys a'i fawd.

'Swnio braidd yn beryg i mi,' oedd unig sylw swta eu taid. Hyd yn hyn doedd yr un o'r hogia wedi sylwi bod eu mamau, eu Nain ac Anti Florrie ar lawr yn y gegin led-dywyll gan gymaint eu cynnwrf, a llwyddodd Ned i'w hysio'n ôl i lawr y pasej er mwyn 'cael gweld y goedan yn iawn'. Edmygwyd y brigyn urddasol, yna cofiodd Ned yn sydyn fod gan Musus Huws drws nesa frechdanau jam eirin iddyn nhw, a darn bach o gaws a diod o lefrith am iddyn nhw fod yn hogiau da'n helpu eu Dewyrth Tom. Wedi iddo glepio drws y ffrynt ar eu holau dychwelodd Ned i dywyllwch tawel y parlwr i bendroni. Syllodd ar yr aspidistra'n llenwi'r ffenest. Rhoddai'r planhigyn rhyw urddas i'r stafell – roedd fisitors a phobl oedd yn pasio'r tŷ'n gwybod o sylwi arni bod teulu o sylwedd yn byw yno. Petaen nhw ond yn gwybod y gwir.

Fu'r blynyddoedd diwethaf ddim yn rhai hawdd i Elin ac yntau. Collasant John Love ddwy flynedd ynghynt o'r diciâu melltigedig a loriai gymaint o deuluoedd, a hynny ar ôl damwain Rathbone druan yn yr iard goed bedair blynedd cyn hynny.

Cofiai Ned weiddi ar ei fab pan welodd ei fod yn llwybr cwymp y styllod trymion, ond chlywodd y llanc mohono. Mi gymrodd hi chwech o ddynion i godi'r coed oddi ar ei gefn, a thrwy rhyw wyrth, roedd Rathbone yn ymwybodol drwy'r cyfan. Ni fyddai Ned fyth yn anghofio gwylio'i fab yn ceisio'n ofer i symud ei freichiau er mwyn helpu'r dynion i godi'r coed oddi arno. Doedd dim byd yn bod ar ei goesau, serch hynny, a phan lwyddodd Ned a Robert Williams, perchennog yr iard goed, i'w godi ar ei draed, credai pawb nad oedd Rathbone ddim gwaeth ac mai wedi cleisio roedd ei freichiau – nes iddo gyfaddef yn dawel wrth ei dad, o drwmbal trol y meistr a gariodd y ddau ohonyn nhw gartref, na allai symud ei freichiau.

Teimlai Ned yn euog o gofio'i eiriau y diwrnod hwnnw: 'Twt lol, hogyn. Wedi gwasgu mymryn ar dy gyhyrau wyt ti. Fyddi di'm yr un un ar ôl panad gref efo dwy lwyaid o siwgwr, a chwsg iawn.' Fodd bynnag, galwyd Dr Hughes i'r tŷ y prynhawn hwnnw ac wedi archwilio'r claf yn ofalus, camodd y meddyg o'r llofft wysg ei gefn gan ysgwyd ei ben mewn ystum o anobaith. Syllodd Rathbone arno'n mynd; ei freichiau'n llipa ar ben cynfasau'r gwely a'i gwpanaid o de yn oer ar y cwpwrdd wrth ei wely.

A rŵan eto, myfyriodd Ned, roedd y rhyfel felltith 'ma wedi dod i ddifetha popeth. Er gwaetha'u hamgylchiadau teuluol cythryblus roedd busnes bach gwely a brecwast Elin yn ddigon llewyrchus cyn dechrau'r rhyfel. Cynigiai lety syml i rai o'r miloedd a ddeuai ar eu gwyliau i'r dref bob haf, yn curo ar ddrysau bob tŷ ar eu ffordd o'r orsaf yn chwilio am le i aros – yn union fel Mair a Joseff, gwenodd Ned. Ond pan gyhoeddwyd y rhyfel ynghanol Awst y flwyddyn cynt, diflannodd hanner poblogaeth y dref dros nos bron, fel llongau i'r niwl. Ffoes yr ymwelwyr yn ôl i ganolbarth Lloegr yn eu braw; y trenau'n gadael yr orsaf yn orlawn a dim ond trenau gweigion yn cyrraedd. Diflannodd bywoliaeth cannoedd o drigolion y dref. Cododd prisiau bwyd yn aruthrol ac unwaith eto, roedd hi'n anos cael deupen llinyn ynghyd. Sut gawsai rhyfel oedd yn digwydd yn bell, bell i ffwrdd effaith mor andwyol ar yr ardal mor frawychus o sydyn?

Fel pe na bai hynny'n ddigon, roedd ei ferched o ac Elin fel cwningod yn planta dros y lle. Gwen, Cathrin a rŵan Florrie wedi cael plant y tu allan i gwlwm priodas, a'r plant rheiny'n byw o dan ei do ef gan fod eu mamau'n gweithio. Serch hynny, roedd eu presenoldeb swnllyd o gwmpas y tŷ yn lleddfu'i hiraeth o ac Elin am eu mab eu hunain. Ddylai'r un rhiant orfod claddu'i blentyn. Diolchai hefyd fod Florrie yn byw efo nhw. Roedd yn fam ardderchog i Eric bach, er mor anffodus fu amodau ei genhedlu. Berwai gwaed Ned bob tro y cofiai am y cam a wnaed â'i ferch gan Archie Edwards. Ond, myfyriodd, roedd ganddi gymar gwerth chweil yn Byrti. Hoffodd Ned yr hogyn cwrtais, swil o'u cyfarfyddiad cyntaf, ac roedd o'n siŵr o fod yn dad pwyllog a chyfrifol i Eric ac i'r babi newydd, pe câi ddychwelyd o Ffrainc yn ddianaf.

Doedd o ddim yn hapus, fodd bynnag, bod yn rhaid troi iaith y cartref i Saesneg bob tro roedd Byrti o gwmpas. Pam ddiawl nad oedd o'n medru siarad Cymraeg? Gweledigaeth Lloyd George oedd cael byddin o fechgyn Cymraeg eu hiaith. Welsh Regiment, o ddiawl! Faint ohonyn nhw o gymoedd y de 'na oedd yn siarad yr iaith bellach tybed? Mae'n debyg nad oedd y Gymraeg yn iaith ddigon chwaethus nac urddasol i'w harddel o ddydd i ddydd. Clywsai Byrti'n sôn dros beint fod Jane, ei fam, yn medru'r iaith ond iddi gael ei rhwystro rhag ei siarad gan ei gŵr o Sais. Onid oedd teulu hwnnw, o swydd Gaerloyw, wedi bod yn ddigon balch o gael gwaith yng Nghymru? Caeodd ei ddyrnau ar ei lin. Cymry Cymraeg o'r Rhyl fu ei deulu o a theulu Elin erioed, a gallodd un milwr uniaith o'r Sowth chwalu'r cwbl. Ond beth pe na bai Byrti'n dod adra o'r rhyfel gythraul? Llanwodd ei galon ag euogrwydd. Ddymunai o ddim am y byd i Florrie fagu dau o blant heb gefnogaeth gŵr, waeth pa iaith y siaradai.

Doedd yr un orchwyl yn ormod i Florrie, chwarae teg iddi, ac arbedai lawer ar ei mam drwy ofalu am ei dau nai bywiog. Byddai'n rhaid iddo yntau drio gwneud rhywbeth efo'r brigyn coeden Dolig iddyn nhw. Ond dim canhwyllau! Efallai y byddai William ... Rathbone ... yn gwybod sut i'w haddurno. Mi fyddai o'n llawn syniadau fel arfer.

Allai Ned yn ei fyw ddod i arfer â galw'i fab yn Rathbone. Syniad ei fab oedd newid ei enw'i hun wedi iddo dreulio amser yng Nghanolfan Rathbone; sefydliad yn Lerpwl a gynigiai driniaeth i bobl oedd wedi colli'r defnydd o un neu fwy o'u haelodau. Rhyw deulu cefnog a wnaeth eu harian ym myd llongau ac a agorodd y lle i helpu milwyr methedig oedd y Rathbones, yn ôl y sôn. Bu Florrie a'i brawd yn dal y trên i Lerpwl bob wythnos am chwe mis ar ôl y ddamwain, tan i'r doctoriaid yno gadarnhau'r hyn a wyddai'r dyn ifanc yn barod, sef nad oedd gwellhad i fod i'w freichiau. Arwyr oedd pob un o'r cleifion eraill yno, meddai Rathbone wrtho'n chwerw un tro: cyn-filwyr Rhyfel y Boer wedi colli llygad neu goes neu fraich. Dim ond llafurwr twp o dref glan-môr oedd o. Roedd yr enw William yn rhy gyffredin yn ei deulu, meddai, felly mynnodd y dylai pawb ei alw'n Rathbone o hynny allan, a dyna fu. Roedd peth bach fel enw yn golygu cymaint iddo – nid William Jones y cripil fyddai o bellach, ond Rathbone Jones, y gŵr a fu yn Lerpwl! Wnaeth Ned ddim dadlau ag o – allai o ddim, a bywyd ei fab wedi ei ddifetha'n llwyr gan ddamwain.

Berwai Ned â chynddaredd mud wrth gofio am y ddau weithiwr diog a'i hachosodd. Doedd mo'r fath beth â damwain, meddyliodd yn chwyrn, dim ond blerwch. Oedd, roedd Williams, y bòs, yn ddigon clên yn anfon cerbyd i gario Rathbone druan adref, ac mi anfonodd ei ffwtman draw efo basgedaid o ffrwythau ffres a phwt o lythyr yn dymuno adferiad buan i'r claf. Ond dim byd arall – dim iawndal na chynnig o gymorth. Chafodd yr un o'r ddau weithiwr esgeulus mo'u disgyblu chwaith, oedd yn fawr o syndod gan mai mab y bòs oedd un ohonyn nhw, Jacob Williams. Prentisiaid dibrofiad oedd o a Vernon Parry, a bentyrrodd y coed rywsut rywsut ar y cei wrth eu dadlwytho o'r llongau. Digwydd bod wrth ymyl oedd Rathbone pan ddymchwelodd y cyfan ar ei gefn. Damwain oedd hi.

'Damwain o ddiawl!' Waldiodd Ned fraich y gadair â'i ddwrn. Erbyn hyn roedd o'n siarad yn uchel. Byddai gyrfa'r Jacob dwy a dimau 'na'n ddiogel am byth. Lordiai hwnnw o gwmpas yr iard fel paun erbyn hyn. Bellach, yn dilyn ymddeoliad ei dad, fo oedd y rheolwr; ei fodiau yn nhyllau llewys ei wasgod a chadwyn aur ei wats boced yn loyw yn yr haul. Cyfrodd Ned y pethau na allai ei fab eu gwneud o'i achos: ysgrifennu, dal papur newydd, codi cwpan i'w geg, gwisgo amdano, glanhau ei hun, dal cyllell a fforc, cribo'i wallt, crafu'i drwyn ... roedd y rhestr yn un ddiddiwedd, ac yntau ond dipyn dros ei ddeg ar hugain. Unwaith bu gan Elin ac yntau ddau fab. Bellach, dim ond un oedd ar ôl – a chripil oedd hwnnw.

'Nhad? Llc 'dach chi? Ma' Florrie wedi ca'l hogan fach!'

Ar lawr y gegin ganol roedd pump o ferched, ac yn eu plith, un fach, fach ym mreichiau ei mam, yn glyd mewn cynfas wen. Syllodd Ned arnyn nhw. Roedd 'na rywbeth yn cosi'i lygaid. Byddai'n rhaid iddo fo ei sychu efo'i hancas – yn y gegin gefn.

'Rhywun am banad?'

Pennod 6

Rhagfyr/Ionawr 1915/16

F'annwyl Byrti,

Wn i ddim lle wyt ti erbyn hyn, yn Winchester ynteu rywle yn Ffrainc, ond mae gen i newyddion ardderchog. Mae ganddon ni ferch fach. Mi gyrhaeddodd hi, dipyn yn gynt nag yr oeddem ni i gyd wedi'i feddwl, neithiwr – a hynny ar lawr y gegin! Ond does dim rhaid i ti boeni, mae hi'n berffaith, a 'run ffunud â'i thad golygus. Mae ganddi wallt brown a llygaid glas. Ond mae pawb yn dweud mai glas ydy llygaid pob babi newydd, yn tydyn? Gan nad wyt ti yma i'm helpu i ddewis enw dwi wedi gorfod penderfynu fy hun ar enw i'r fechan. Dwi'n gwybod mai mab oeddet ti wedi gobeithio'i gael a dy fod am ei alw'n Trefor ar ôl dy frawd bach ond dwi'n siŵr y daw cyfle pan ddoi di adra i ni gael mab. Gawn ni hwyl yn trio, beth bynnag. Gobeithio nad wyt yn meddwl 'mod i'n ddigywilydd yn sôn am y fath beth mewn llythyr. Beth bynnag, Florence Maude ydy enw dy ferch, ac rydw i yn ei galw hi'n Maudie. Gobeithio bod hynny'n dy blesio.

Heblaw am hynny, does dim llawer o newyddion. Mae Ffranci a Georgie wedi cael gafael ar ryw fath o goeden Dolig ac maen nhw, efo help 'Nhad, wedi bod wrthi'n gwneud cadwyni o bapur newydd i'w haddurno. Mae'r gegin yn ddarnau papur a glud i gyd! Mae Eric bach yn holi ble mae Dada ac yn methu stopio edrych ar ei chwaer fach newydd. Wir, mae hi fel doli.

Nadolig Llawen i ti, Byrti, a chadw dy hun yn ddiogel.

Oddi wrth dy deulu yn 7 Windsor Street ac yn arbennig oddi wrtha i,

Florrie

Darllenodd Byrti'r llythyr yn eiddgar, gan ysgrifennu ei ymateb yn syth.

Rhagfyr 26ain 1915

Annwyl Florence,

Newyddion ardderchog yn wir. Mae'n anodd gen i gredu fod gennym ni'n dau blentyn a ninnau'n ŵr a gwraig mor newydd. Does dim gwahaniaeth gen i o gwbl nad mab yw e. Fel y dywedaist, daw cyfle arall pan fydda i'n ôl gyda ti am byth. Rydw i hefyd yn hoff iawn o'i henw hi. Ddywedais i wrthyt fod gen i hanner chwaer fach o'r enw Maude?

Dyma dipyn o fy hanes i. Rydw i rywle yng Ngogledd Ffrainc ers bron i wythnos erbyn hyn, wedi teithio yma ar drenau ac mewn lorïau anferth. Nid trenau braf, cyfforddus â ffenestri a seddi meddal ond wageni pren cwbl agored, heb feinciau ar hyd yr ochrau hyd yn oed. Dychmyga mor oer ydyn nhw wrth i'r trên wibio drwy gefn gwlad Ffrainc a ninnau wedi'n gwasgu i mewn fel sardîns mewn tun. Dwi'n sobor o falch o'r balaclafa a weodd dy fam i mi. Mae Edwin a finnau'n gwmni i'n gilydd ac mae'r bechgyn a fu gyda ni yn y Rhyl yn dal yng Nghwmni C. Rydym wedi cael ein hiwnifform i gyd erbyn hyn. Mae'n rhyfedd meddwl mai merched capeli'r Rhyl fu wrthi mor ddyfal yn pwytho'r gwisgoedd dros fisoedd y gwanwyn diwethaf. Ar ôl gweld milwyr o gatrodau eraill ar y trên ac ar y llong, rydw i wedi sylweddoli fod brethyn llwyd Cymreig ein catrawd ni'n gwbl wahanol i lifrai pawb arall, heblaw am yr Albanwyr sy'n eu ciltiau tartan lliwgar.

Mae fy nhaclau ymolchi mewn tun bach a'm ychydig ddillad glân mewn citbag – ac mae'r llun ohonot ti yn cael ei gadw ym mhoced frest fy nhiwnig. Pan gei di gyfle fe hoffwn yn fawr gael llun o Maudie fach, ac Eric hefyd wrth gwrs. Daeth deigryn i fy llygad pan ddarllenais ei fod o'n gofyn am Dada.

Aeth diwrnod Nadolig heibio'n ddigon diffwdan. Echdoe, cyraeddasom wersyll newydd. Buom yn gloddesta ar ginio Nadolig ardderchog, chwarae teg i'r swyddogion. Gwnaeth pawb eu gorau i greu awyrgylch lle gallem i gyd ymlacio. Cawsom gymysgedd o wyddau, cywion ieir a phorc gyda phlateidiau helaeth o lysiau, a daethpwyd â phwdinau plwm mewn clytiau yr holl ffordd o Loegr gyda ni ar y trên. Ond cofia ddweud wrth dy fam nad oedd y menyn melys chwarter cystal â'i hun hi! Trefnodd y Caplan gyngerdd bach byrfyfyr ar ôl bwyd a bu pawb yn canu carolau a chlywed hanes geni'r Iesu o'r Beibl wedi i ni olchi'r llestri. Rhyfedd yntê, a thithau wrthi'n geni'n babi ninnau ryw wythnos yn ôl? Roedd yn ddiwrnod Nadolig gwahanol iawn a bu pawb yn gefnogol i'w gilydd ar y munudau anodd, tawel gan bod ein meddyliau ni i gyd gannoedd o filltiroedd i ffwrdd. O leiaf rydych chi gartre yn ddiogel.

Mae'r gwersi ymladd rydyn ni wedi eu cael dros y dyddiau diwethaf yn dangos i ni cyn lleied rydan ni'n ei ddeall am faterion rhyfel. Os wyt ti'n cofio, gyda ffyn a drylliau pren roedden ni'n ymarfer drilio ar y prom yn y Rhyl wrth gael ein hyfforddi. Doeddwn i erioed wedi dal dryll go iawn tan echdoe. Mae disgwyl i mi ladd y milwyr Pennau Sgwâr a finnau erioed wedi tanio gwn, heb sôn am ei anelu at y lle cywir. Rydyn ni hefyd yn cael ein dysgu i daflu grenêds a sut i osod bidog ar flaen y dryll. Mae'r cyfan yn codi ofn arna i erbyn hyn. Yr unig arfau rydw i wedi arfer eu trin yw caib, ebill a morthwyl – a hynny dan ddaear mewn siafftiau glo. Mae'n rhyfedd meddwl hefyd mai dim ond blwyddyn yn ôl roeddwn i'n gyw-löwr. Erbyn hyn rydw i'n briod ac yn dad ac yn ddim ond ugain oed. Ond rydw i'n amheus a fydda i'n gweld fy mhen-blwydd yn un ar hugain.

Fel y gwyddost ti, Florrie, dydw i ddim yn grefyddol ond mae arna i ofn na fydda i'n dychwelyd yn fyw o'r lle melltigedig yma, nac yn dy weld di eto. Mae gennym ni i gyd Active Service Testament erbyn hyn. Pwy a ŵyr na fydda i, rywbryd, angen help rhai o'r geiriau sydd ynddo fo. A welais i ddim Jyrman na ffos eto. Duw â'm helpo pan ddaw'r noson gyntaf y bydd rhaid i mi gysgu mewn un.

Gweddïa drosta i,

Byrti

Ni yrrodd Byrti'r llythyr. Yn hytrach, y nodyn cwta hwn a gyrhaeddodd ddwylo Florrie:

F'annwyl Florrie,

Newyddion ardderchog am y babi. Rydw i'n falch iawn. Mi gyrhaeddais yn ddiogel.

Nadolig Llawen a'm cofion gorau atoch i gyd,

Byrti

Ymlaciodd pawb ar ddiwedd diwrnod yr Ŵyl, eu boliau'n gyfforddus lawn. Roedd joch o wisgi yn eu cwpanau a digonedd o dybaco yn eu tuniau. Sgleiniai llygaid Edwin. Ystyriai ei hun yn ffodus o fod wedi ymrestru a chael cariad. Byddai e a Byrti, ymhen ychydig fisoedd, yn dychwelyd i'r Rhyl wedi rhyfel llwyddiannus; a Florrie a Nansi wrth eu boddau yn cael eu gweld ar freichiau'r fath arwyr wrth iddyn nhw dorsythu ar hyd y Prom.

Siaradai Edwin fel pwll y môr am yr antur fawr oedd i ddod: cael lladd cannoedd o'r Boche; taflu grenêds dros dir neb i ffosydd y gelyn a phrofi'r boddhad o glywed sŵn trwm y ffrwydryn yn taro'r ddaear. Gwelent wedyn ddwylo, pennau a choesau a darnau o lifrai llwyd-las yn gymysg â phridd yn glawio ar filwyr y ddwy ochr. Suai llais Edwin ymhell fel rhyw gacynen ym mhen Byrti, a chyda'i draed yn gynnes wrth y stôf a'r wisgi yn gwresogi ei gorff, trodd ei feddwl at Nadoligau ei blentyndod.

'Torra di'r croen oren, Byrti. A chymer ofal efo'r gyllell yna. Wyt ti'n clywed?' Chwifiai Byrti'r gyllell uwch ei ben fel cleddyf, a sgrechiai ei chwiorydd o noddfa sgerti llaes eu mam. 'Yn denau, fel blewyn, nid fel clap o lo. Gwylia dithau, Beatrice, wrth dynnu'r cerrig o'r rêsins 'na. Tro dy gyllell fach yn araf fel hyn.' Sbonciodd y garreg o'r ffrwyth crebachlyd gyda thro deheuig y llafn. Gorchwyl y chwaer leiaf oedd codi'r cerrig mân o'r llawr a'u cyfri. Gosododd hi nhw mewn patrymau plu eira ar gornel y bwrdd i ddangos i'w thad pan ddôi adref. Diwrnod paratoi'r pwdinau Nadolig oedd hi. Gwnâi ei fam dri phwdin ddiwedd pob hydref: un ar gyfer pen-blwydd Alfred, ei dad, ym mis Mai; un i Mam-gu o'r Gelli ac un i'w weini ddydd Nadolig. Cyn i Jane rannu'r cymysgedd rhwng tair powlen gosodid pisyn tair gwyn, sgleiniog, yn seremonïol ynddo a châi pob aelod o'r teulu ei droi gyda'r llwy bren fawr er mwyn cael lwc yn y flwyddyn oedd o'u blaenau. Prynasai ei fam y sbeis o Siop Watcyn rai dyddiau ynghynt a'i gadw ar silff yn y pantri. Aethai Byrti yno y noson cynt cyn mynd i'w wely ac eto yn y bore. Byddai wrth ei fodd yn gwthio'i drwyn i'r papur llwyd a chymryd dracht fawr, araf o'r sinamon, y nytmeg a'r clôfs persawrus.

Fore trannoeth, deffrodd Byrti i arogl hyfryd cig yn rhostio yn gymysg â'r pwdinau'n berwi'n glyd yn eu clytiau. Byddai'n ddiwrnod Nadolig drennydd ac ni allai aros i dyrchu i waelod un o sannau gwlân ei dad a thynnu oren, dyrnaid o gnau, hances ac efallai gap neu fenig newydd ohono. Dyheai am gyllell boced. Pwy a ŵyr nad eleni y deuai ei freuddwyd yn wir? Llamodd o'i wely ac agor y llenni. Roedd yr eira a fu'n tawel-ddisgyn drwy'r nos yn drwch yn yr iard gefn ac olion esgidiau gwaith ei dad bron â diflannu dan y cnwd gwyn.

'Paid â meddwl mynd ma's heb frecwast.' Siaradodd Jane heb droi ei phen o'r sosbenni duon a fudferwai ar y stôf.

'Ond, ma' Edwin ...'

'Os wy'n nabod Musus Harris, fydd ei chrwt hithe ddim yn ca'l rhoi ei droed dros y trothwy heb ga'l rwbeth yn 'i fola chwaith. Beth bynnag, wy angen i ti helpu i baratoi'r brôn 'ma gynta.'

'Ond Mam ...'

'Dere, grwt, gwasga'r plât 'ma ar ben y cig yn y bowlen er mwyn i mi roi pwysau tryma'r dafol arno. Fydd e'n barod erbyn fory.'

'Beth yw'r pethe gwyrdd 'na? Ych. Mae dail yn y cig 'ma. 'Sa i'n mynd i fyta dail.'

'Saets, tcim a dail llawryf yw'r "dail" fel rwyt ti'n eu galw nhw. Dyna sy'n rhoi'r blas i'r brôn. Rwyt ti wrth dy fodd 'da brôn, winwns picl a bara menyn, yn d'yt ti?'

'O'dd hynny cyn i mi w'bod bod dail ynddo fe.'

'Cer ma's, da ti, a phaid â bod yn hwyr i ginio. Gwisga dy gap a dy fwffler,' gwaeddodd ar ôl ei fab, ond roedd Byrti eisoes wedi diflannu drwy ddrws y bac gan adael chwa o wynt a phlu eira i'r gegin.

Ymestynnodd ei goesau ac ymysgwyd o'i fyfyrdod. Roedd yn meddwl y byd o Jane, a hithau ohono yntau, er nad oedd ddafn o waed yn eu clymu. Meddyliai Byrti'n aml am ei gwên gartrefol, y wên a doddai'r galon oeraf. Hi oedd angor y teulu, a bu ei dad fel llong heb lyw pan fu hi farw wrth eni Trefor bach. Doedd hi'n fawr o syndod i neb pan ailbriododd Alfred o fewn y flwyddyn. Menyw o'r enw Annie, o Beaufort, oedd ei ddewis – hen ferch oedd flynyddoedd yn iau na'r gŵr gweddw a'i tynnodd oddi ar y silff. Wedi iddi hi symud i'r tŷ ciliodd Byrti i'w gragen a threuliodd gyn lleied o amser gartref ag y medrai gan fwyta sawl pryd gyda theulu Edwin ar ddiwedd diwrnod gwaith a mynd adref erbyn amser gwely. Un noson, pan na allai feddwl am ddychwelyd i wynebu'i lys-fam, a fyddai'n ddi-ffael yn ceryddu ei chwiorydd hyd ddagrau a'i frawd bach nad oedd prin flwydd oed am golli bwyd ar y lliain bwrdd, gofynnodd i fam Edwin a gâi gysgu ar gadair o flaen y tân yn hytrach na cherdded adref. Am hanner nos, curodd Alfred ddrws tŷ'r Harrisiaid mor ffyrnig fel bod perygl iddo wthio'i ddwrn drwy'r coedyn. Ddywedodd e ddim gair wrth ei fab pan agorodd Mrs Harris y drws, dim ond codi esgidiau Byrti a llusgo'i fab gerfydd llawes ei gôt i lawr y stryd yn y glaw, a Byrti'n dal yn nhraed ei sannau.

Fore trannoeth cafodd bryd o dafod gan Annie. Cofiai eistedd yn fud gan ganolbwyntio ar dipian y cloc ar y pentan. Roedd ei llais cwynfanllyd yn merwino'i glustiau a'i bol mawr beichiog fel chwysigen o'i flaen. Ffieiddiai Byrti at y cynffonnau duon, seimllyd a glymwyd yn dorch lipa ar gefn ei phen. Cododd a mynd i'w waith. Hoffai petai modd iddo fyw dan ddaear fel gwahadden, yn fyddar a dall. O leiaf ni ddeuai'r fenyw annymunol hon yn agos ato'n y fan honno. Bendith iddo oedd cyhoeddi'r rhyfel, er i Byrti adael ei chwiorydd a'i frawd bach yn ei chrafangau gyda chalon drom.

'Beth am ddathlu'r Nadolig mewn steil a mynd am dro draw i'r pentre am beint neu vin blanc? S'dim gwaith 'da ni tan fory!' Tynnwyd Byrti'n ôl i'r presennol gan yr awgrym.

Yna, gyda llawer o rwgnach am adael y stôf gynnes, ymunodd Byrti ac Edwin â thri neu bedwar o'u cyd-filwyr ar y llwybr i lawr i'r pentre agosaf.

'Ydach chi am fymryn o slap an' ticl heno, bois?' Winciodd Stanley Lloyd ar y lleill.

'Dim diolch, bydd cwrw bach yn iawn i mi.'

'Hei, Byrti bach. Wyddost ti ddim be' ti'n ei golli – yn enwedig efo Madamoiselle Nicolette a'i phais sidan goch a'i choesau hir. Ŵ la la!'

'Dwi wedi deud. Dim diolch. A ph'run bynnag, mae gen

i rywbeth gwell yn aros amdana i gartref,' meddai Byrti'n fwy di-hid nag y teimlai yn wyneb cellwair Stanley. Cerddodd y milwyr ifainc ymlaen i'r pentref i orffen dathlu Dydd Nadolig.

Bythefnos ynghynt, a hithau'n benwythnos rhydd ar Gwmni C y Tenth Welsh, cawsant fynd i'r pentref i gysgu dwy neu dair noson ar wely cynfas, braf mewn cwt pren ag arno do a waliau. A chawsant fàth. Eilliodd Byrti bob blewyn oddi ar ei gorff y tro hwnnw. Nid byddin y Boche oedd ei elyn pennaf ond y lluoedd erchyll o lau a chwain a ymgartrefai ymhob plyg o'i groen a'i ddillad, gan ei yrru'n lloerig. Roedd cysgu yn y ffosydd afiach yn ddigon drwg heb y pryfed a sugnai ac a wenwynai ei waed. Ddychmygodd e erioed y byddai mewn sefyllfa mor enbydus fel mai moelni llwyr ei gorff oedd ei unig obaith am gysur. Yna llyncodd wy a sglodion a chwrw melyn Madame yn awchus. Deallai gwraig y caffi bopeth am anghenion bechgyn ymhell oddi cartref.

Ac yntau bellach yn ŵr priod ac yn dad doedd rhai o'r gogoniannau amgen a gynigid i filwyr hiraethus gan ferched lleol ddim yn apelio ato. Gallai Byrti encilio i drysorfa'i atgofion am y ffrog werdd ac am garu gyda'i wraig. Ceisiodd Stanley ddarbwyllo'i ffrindiau na ddeuai Florence – na Nansi, cariad Edwin – fyth i wybod pe baent yn ymollwng un waith i flasu'r profiadau melys oedd ar gael, ond chafodd y ddau ffrind mo'u temtio. Roedd cael dillad isaf glân a throchi pob modfedd o'i gorff mewn dŵr cynnes yn ddigon o bleser a rhyddhad i Byrti.

Ddychwelodd Duncan McKay o'r Royal Scots Fusiliers ddim i'r ffosydd gyda gweddill ei frigâd y nos Sul honno wedi eu penwythnos yn y pentref, a mawr fu'r chwilio amdano. Fe'i cafwyd yn fuan fore trannoeth yn swatio dan wely Madamoiselle Emilia, yn un o'r adeiladau a ddefnyddid gan y puteiniaid lleol. Gweddillion tŷ a fu unwaith yn urddasol a chadarn ar gyrion y pentref oedd e, ei wyneb hardd bellach yn safn fawr wancus a draflyncai fechgyn diniwed. Disgleiriai golau coch y tu allan iddo yn oriau'r nos. Roedd ystafelloedd y selerydd yn gyfain ac yn un o'r rheiny y crynai'r Preifat McKay. Gwyddai Byrti wrth wylio'r sgwad yn ei lusgo, yn bytheirio ac yn ymbil am un cyfle arall, beth fyddai'i ddiwedd.

Clywsai ymhen yr wythnos iddo gael ei saethu gyda'r wawr gan sgwad o'i fataliwn ei hun y tu allan i Neuadd y Dre yn Poperinge. Codwyd yno bostyn mawr, a chlymid milwyr a ystyrid yn gachgwn wrtho. Doedd y fyddin ddim yn goddef llwfrdra. Treuliodd McKay ci noson olaf yng nghwmni'r Caplan yn smocio, yn yfed yr wisgi arferol a roid i drueiniaiaid a oedd i wynebu'r sgwad sacthu, ac yn ysgrifennu'i lythyr olaf at ei deulu. Doedd gweddïau'r Caplan o ddim cysur iddo, mwy na'r droed cwningen lwcus a roddwyd iddo gan ei fam. Clywsai Byrti hefyd fod McKay wedi gwlychu a baeddu llond ei drowsus wrth iddyn nhw ei rwymo wrth y postyn, gosod mwgwd am ei lygaid a chroes o ddefnydd gwyn ar ei grys dros ei galon yn darged i'r saethwyr. Gweddïai Byrti na ddeuai fyth yn dro arno yntau i fod yn un o saethwyr y sgwad. Sut allai e fyw gyda gwaed un o'i gyd-filwyr ar ei ddwylo?

Efallai y byddai'n gwneud eithriad yn achos Gilbert Lloyd, serch hynny, meddyliodd. Hen sinach anghynnes oedd hwnnw, a ddygodd fodrwy ddrud oddi wrth yr hen wraig a roddodd lety iddo yn y Rhyl. Ond doedd dim angen poeni am Gilbert erbyn hyn chwaith gan ei fod yn wael mewn ysbyty yn Calais. Ei fai ef ei hun, mynnai Edwin: wedi bod gydag un butain front yn ormod a'i bidlen wedi dechrau pydru. Roedd meddwl am y peth yn troi stumog Byrti.

Un noson, ildiodd Edwin i demtasiwn yn y pentref a rhoi ffranc i Madame wrth risiau'r seler. Ni sylweddolai Edwin ddiniwed mai tâl mynediad drwy borth y nefoedd yn unig oedd hwn yn hytrach na thâl am brofi'r rhyfeddodau a gynigid yno. Sbeciodd rownd y gornel ar waelod y grisiau a gweld pedair merch yn gwisgo'r nesaf peth i ddim, yn gorweddian ar fatresi ac yn yfed gwin. Amneidiodd un ar Edwin i nesáu gan syllu arno gyda'i llygaid duon.

'Roedden nhw fel llygaid buwch, yn fowr ac yn feddal,' meddai Edwin wrtho yn y dafarn, yn syllu'n ddigalon i waelod ei wydr.

'Pam nad arhosaist ti yno, yn lle rhedeg yn ôl fan hyn â dy gwt rhwng dy goese?' chwarddodd Byrti a oedd, mewn gwirionedd, ar dân eisiau gwybod sut le oedd yn nyfnderoedd La Chabanais fel yr enwyd y lle, yn goeglyd braidd, ar ôl puteindy mwyaf crand a drutaf Paris.

'Beth petai Mam yn dod i w'bod?' sibrydodd Edwin. Allai Byrti wneud dim ond chwerthin, ond yn ddistaw bach edmygai ddewrder ei ffrind am fentro cyn belled â'r drws hyd yn oed.

Fodd bynnag, aethai Gilbert ati ar bwrpas i gael ei heintio drwy wario'i arian ar Madamoiselle Nicolette bob cyfle a gâi, gan y gwyddai y byddai'n bell o beryglon y

Ffrynt mewn gwely ysbyty am fis pe câi ei heintio â chlefyd gwenerol. Bu ei ymddygiad yn destun trafod mynych rhwng y ddau gyfaill.

'Ma'r diawl gwirion yn rhy dwp i sylweddoli bod y salwch yn farwol,' sylwodd Edwin.

'Ac fe gaiff e'i ddirwyo am 'i ga'l ei hunan mewn ysbyty,' ychwanegodd Byrti.

'Beth? Fe gollith e'i gyflog am ddala brech y Ffrancod?'

Nodiodd Byrti. 'Ac ma'r bois 'na'n ca'l eu cadw ar wahân i filwyr sydd wedi ca'l eu clwyfo neu sydd wedi dala haint yn y ffosydd. Dyw Gilbert a ffyliaid fel'na ddim ffit i fod yn agos at fechgyn gonest sy'n cyflawni'u dyletswyddau milwrol.'

'P'run bynnag,' myfyriodd Edwin wrth ail-lenwi'i wydr o'r botel win, 'wedi i mi dalu am faco, am wy a sglodion a glasaid o'r stwff yma, do's gen i ddim arian i'w wastaffu ar hwren.'

Roedd Byrti yn rhannu ei farn. Fel arfer.

Pennod 7

Mametz, Gorffennaf 1916

Yr unig groen du a welodd Byrti erioed oedd wyneb a dwylo'i dad pan ddychwelai adref yn ddyddiol o'r ffas. Byddai yntau a Beatrice, ei chwaer, yn rhyfeddu at allu sebon i droi dŵr clir yn ddu a chroen brwnt yn wyn a glân. Ond bellach roedd gan Byrti ffrind nad oedd clap o sebon carbolig na hyd yn oed ddagrau yn newid lliw ei groen; daethai Seimon o Gaerdydd yn gyfaill iddo fe, i Gruff ac i Edwin hefyd.

Ac am fod Seimon, fel Byrti, yn enedigol o Gaerdydd, closiodd y bachgen amddifad a fagwyd yn Nhredegar Newydd ato. Fu Byrti erioed yn ôl yng Nghaerdydd wedi iddo gyrraedd cartref ei dad, ac roedd sut y cyrhaeddodd i'r fan honno o Gaerdydd, hyd yn oed, yn ddirgelwch pur iddo. Yng Nghaerdydd y'i ganed, ac yng Nghaerdydd roedd ei fam waed, pwy bynnag oedd hi. Dyna'r cyfan a wyddai.

Cynhesodd gwên fawr Seimon galonnau ei fyrdd cyfeillion ar y Ffrynt. Siopwyr oedd ei rieni, mewn ardal o'r enw Grangetown ond töwr oedd Seimon. Broliai fod digon o waith yno yn sgil datblygiad mawr oedd ar droed i ddymchwel hofelau ac adeiladu tai newydd o ddau a thri llawr mewn terasau hirion. Nid bod bywyd yn fêl i gyd yno, chwaith, yn ôl Seimon.

'Mae'r lle'n llawn o bobl bechadurus sy' ddim yn adnabod yr Arglwydd fel rydw i a 'nheulu. Ar Ddydd y Farn, bydd yr Arglwydd gyda ni a bydd pyrth y nef yn agor o'n blaenau a byddwn yn camu drwyddyn nhw'n fuddugoliaethus i fywyd tragwyddol!' Roedd ei gynulleidfa o dri'n gegrwth.

Rhywle yn Ffrainc.

4 Gorffennaf, 1916

F'annwyl Florrie,

Rydym bellach ym mhentref ███████ ac wedi teithio yn gyntaf ar drên cyn belled â ████████████ ac yna yma mewn lorïau modur. Mae gan Edwin, Gruff a finnau ffrind newydd sy'n foi llawen ac yn ein cadw i fynd gyda'i straeon doniol. Cristion yw e: ro'n i'n meddwl mai dyna oeddwn innau hefyd cyn dechrau siarad â Seimon. Mae e'n credu – nage, yn gwybod – ei fod e a'i deulu'n arbennig iawn ac y bydd Duw'n gefen iddyn nhw beth bynnag fydd ei gynllun e ar eu cyfer neu i ba gyfeiriad bynnag y bydd bywyd yn eu harwain. Saith ar hugain oed yw e ac mae ei wraig, Besi, fel tithau'n medru'r Gymraeg er nad yw hi'n cael cyfle i'w siarad rhyw lawer a hithau'n byw ym 'Mabel Grangetown' (chwedl Seimon). Enwau'r Apostolion sydd ar ei fyrdd plant; bechgyn ydyn nhw i gyd a disgyblion gwerth chweil i'r Arglwydd, meddai Seimon. Gobeithio y gallwn ni ddweud hynny am Eric bach a Maudie (a'r lleill pan ddôn nhw) yntê? Wyt ti'n meddwl y dylen ninnau hefyd alw'n hunain yn Gristnogion er mwyn magu'n plant i gerdded llwybr cyfiawnder? Gawn ni sgwrs am y peth y tro nesaf y bydda i gartref. Neu hwyrach gael gair â Mr Lewis, y ficer. Mae e'n siŵr o roi cyngor call i ni.

Ysgrifennodd Seimon lythyr at ei dad yr wythnos

ddiwethaf i ofyn a wyddai yntau rywbeth am fy mam waed, oherwydd yng Nghaerdydd y ces i 'ngeni, fel rwyt ti'n gwybod. Rydym ein dau'n aros am ateb bob dydd. Croesi bysedd, yntê?

Rydw i'n meddwl amdanoch i gyd yn aml ac yn edrych bob bore a chyn noswylio ar dy lun di, mor hardd yn dy flows wen a'th sgert sidan ddu. Ac wrth gwrs, y llun o Maudie fach yn edrych i lygad y camera ar Dada. Ac Eric! Yn fachgen mawr mewn trowsus pen-glin erbyn hyn, yn gafael yn annwyl yn llaw ei chwaer. Gwelaf dy fraich dithau yn y llun hefyd, yn dal cefn Maudie rhag ofn iddi gwympo oddi ar stôl y ffotograffydd! Trueni nad oes mwy ohonot ti i'w weld. Rydw i'n trysori'r lluniau yn y tun baco Skipper ges i'n anrheg Nadolig gan dy rieni. Mae e'r maint cywir i gadw lluniau a llythyrau a'r cardiau post y bydda i'n eu casglu wrth deithio o le i le. Nid darluniau o lefydd del fel traeth y Rhyl neu olygfeydd o fynyddoedd ydyn nhw, ond lluniau rwbel trefi wedi eu chwalu'n siwrwd gan fomiau.

Rydw i'n cael ambell bwt o lythyr oddi wrth fy nhad yn sôn am hynt y teulu ac am y pentref. Mae plantos fy nhad yn tyfu a theuluoedd yr ardal yn colli bechgyn bron yn ddyddiol, medde fe. Mae hi'r un peth ym mhobman mae'n siŵr. Anodd credu bod y rhyfel yma'n mynd ymlaen mor hir. Drosodd erbyn y Nadolig, wir? Mae hynny ddwy flynedd yn ôl bellach a does dim golwg y bydd y gyflafan yn dod i ben byth. Alla i ddim credu'r peth. Mae Edwin yn daer na fyddai wedi ymrestru pe bai'n gwybod pa mor hir y byddai'r ymladd diffaith yma'n para ac y byddai wedi bod yn ddigon hapus yn treulio'i fywyd yn ymlafnio am weddill ei oes ym mherfedd Pwll Elliot. Ond nid dyna fel rydw i'n ei gweld hi. Meddyliaf yn aml am yr hyn y byddwn i wedi'i golli: cael cyfarfod ac yna priodi'r ferch harddaf yng Nghymru a chael bod yn dad i ddau o'r plant bach harddaf a fu erioed. Diolch Florrie.

Mae'n debyg bod y Rhyl dan ei sang, a hithau'n fis Gorffennaf unwaith eto. Ydy'r Merrie Men yn ôl wrth eu stondin ger y bandstand eto eleni? Fe faswn i'n rhoi unrhywbeth am gael bod yno wrth dy ochr di yr eiliad hon. Yn y darlun sy'n fy meddwl rydym ein dau'n eistedd mewn deckchairs cyfforddus (dydw i ddim yn gwarafun talu ceiniog am logi un i ti, fy nghariad!) yn gwrando ar y seindorf arian neu'n gwylio'r Jovial Jesters yn canu ac yn dawnsio. Byddai gweld wynebau'r gynulleidfa'n goleuo wrth wylio'u campau doniol a'r trŵp mor swanc yn eu hetiau gwellt a'u siwtiau gwynion yn llonni fy nghalon. Y tro nesaf y dof i adref fe ddof â Seimon gyda mi. Mae'n siŵr y byddai yntau hefyd wrth ei fodd yn gweld y trŵp hwyliog; pob un yn canu â banjos ac wedi duo'u hwynebau.

Tybed pryd y caf i dy weld eto i gael crwydro yn yr haul â Maudie fel tywysoges ar f'ysgwyddau? Ac Eric bach a minnau ar ein boliau ar styllod pren y pier yn gwylio'r dŵr gwyrdd ymhell oddi tanom drwy'r craciau a chlywed y tonnau'n llepian yn erbyn y coesau haearn? Yna cawn orwedd ar y tywod, ein pedwar, yn gwylio cylchu breuddwydiol y gwylanod gwyn yn gwau patrymau diog yn erbyn y glesni. A thithau, yn dy ffrog orau a'r picnic wrth dy ochr mewn basged. O, bu bron i mi anghofio: crys gwyn fydd gen i amdanaf, nid un gwyrdd-frown sydd wedi caledu ac yn llawn baw. Ni allaf ond breuddwydio ...

Mae'r hen iwnifform wlân yma yn nythfa berffaith i

holl chwain, llau a phryfed Ffrainc a Gwlad Belg. A'r Almaen i gyd hefyd, faswn i ddim yn synnu. Rydw i'n cosi drosof, fel petai picelli bach cochion yn gwthio'n dragwyddol i 'nghroen i. Mae gen i bothelli dros bob rhan o 'nghorff. Rhwng gwead y brethyn a'r llau sy'n llechu ymhob plyg, rydw i bron â drysu. Mae arna i ofn ein bod ni'n troi'n anifeiliaid am mai felly maen nhw'n ein trin ni; yn byw mewn baw fel moch. Er bod gen i rywfaint o'r powdwr chwain ar ôl, rydw i'n meddwl y bydda i angen tunnell o'r stwff i leddfu rhywfaint ar yr anghysur rydw i'n ei deimlo drwy bob dydd a phob nos.

Mi fydd y dyddiau nesaf yma'n rhai anodd i bawb ohonom. Alla i ddim dweud mwy ond bydd meddwl amdanoch chi i gyd yn fy nghynnal.

Yn gynnes iawn,

Byrti

O.N. Mae'n debyg y bydd y sensor wedi bod wrthi gyda'i bensil yn chwalu enwau'r lleoedd, rhag ofn i dy dad ac Eric bach benderfynu dweud wrth y Jyrmans ble buom ni!

Gwyddai Byrti fod brwydr fawr ar ddod. Dyheai am fod yn feiciwr yn cludo negeseuon at y swyddogion a lechai'n glyd mewn ffermdy cyfagos. Cael reidio beic a theimlo'r gwynt drwy ei wallt ac yn chwibanu yn ei glustiau a rhyddid yn y pedalau dan ei draed. Fyddai dim ots ganddo chwaith fod yn un o'r cludwyr meddygol a gasglai'r clwyfedig a'r meirw, er mor anghynnes y dasg.
Ond dychmygai weld cyrff y bechgyn a deithiodd gydag e ar y trên o Gasnewydd, a rannodd ei smôcs, a ddysgodd

gyd-fartsio ar hyd ac ar led rhodfa'r môr yn y Rhyl, a ddaliodd ddrylliau Lee-Enfield am y tro cyntaf a'u tanio at fwgan brain o darged. Roedd meddwl am gasglu tameidiau o'i ffrindiau'n erchyll. Y bechgyn hyn, o'r un cwm, o'r un pentref, o'r un stryd, yn gelain. Yn deilchion. A'u gwaed yn llithrig yn y llaid.

Ystyriodd ymhellach y gallasai fod yn gaplan. Yn unrhyw beth fyddai'n ei arbed rhag gorfod rhedeg gyda'r wawr â'i ddryll yn ei law a'i galon yn ei geg sych a mieri ofn wedi'u rhwymo am ei ddwylo. Sylwasai'r milwyr ar y caplan mwyn yn symud yn dawel yn eu plith; yn adrodd gair o weddi, yn cysuro, yn annog, yn estyn hances i sychu deigryn yr hiraethus yn enw Duw. Awgrymodd Byrti hyn wrth Seimon ond ers dyddiau bellach, a'r frwydr arfaethedig yn agosáu, bu newid yn agwedd hyderus-dawel y Cristion hynaws o Gaerdydd. Aethai i'w gragen fel malwen bwdlyd a bu'n siort ei atebion a byr ei sgwrs gyda'r bechgyn. Roedd yr hen Seimon hwyliog wedi diflannu. Mentrodd Byrti godi'r pwnc.

'Dwi'n siŵr y byddet ti'n chwip o gaplan, Sei. A thithe wedi cael dy fagu'n Gristion o'r crud.'

'Ie. Ti fyddai'r dyn i'r job,' cytunodd Edwin. 'Pam na ofynni di i'r Sarj os cei di gynnal cyfarfod gweddi heno cyn y frwydr fawr? Efallai mai hon fydd noson olaf rhai ohonon ni ar y ddaear 'ma ...' Roedd tawelwch y pedwar ffrind yn anghyfforddus.

Yn sydyn, neidiodd Seimon ar ei draed gan dasgu'i gwpanaid te o'r neilltu a thros drowsus Gruff. O weld yr angerdd yn ei wyneb roedd Gruff yn ddigon doeth i beidio ag ymateb. Taflodd gipolwg ymholgar ar Byrti. Beth oedd wedi dod dros eu ffrind? Safai yn gawr o flaen y tri arall, ei lygaid yn fellt.

Cododd ei lais a'i freichiau. 'Sut mewn difri y gall caplan na neb arall sy'n honni ei fod yn cyflawni gwaith Duw gyd-fynd â'r creulondeb a'r gweithredoedd anllad a welwn ni o'n cwmpas bob dydd? Sut y gall neb gyfiawnhau cipio bywydau diniwed cyd-ddyn, dim ond am ei fod e'n elyn tybiedig? Gelyn? Pa elyn? Wnaeth yr un ohonyn nhw ddim byd erioed i mi. Nac i tithau, naddo Byrti?' Ysgydwodd Byrti fymryn ar ei ben. 'Dwi'm yn nabod yr un Jyrman. Welais i erioed yr un chwaith. Oes ganddyn nhw bennau sgwâr? Mmm? Ateb fi Edwin!'

'Ym. Oes, o dan eu helmedau. Meddan nhw ...' Edrychodd hwnnw'n swil ar y pridd wrth ei draed a dechrau pwnio carreg gyda blaen ei esgid. Roedd Seimon yn mynd i hwyl eto.

'Nhw? Pwy ydy'r 'nhw' 'ma sy'n trefnu'n bywydau ni, bob un ohonon ni? Bob dydd. Pam ddylwn i, a chithau, ddwyn bywyd, enaid, teulu, oddi wrth yr un bod dynol arall? Na ladd meddai'r Gorchmynion Sanctaidd. Does 'na'm un Jyrman erioed wedi gwneud drwg i mi. Ai pobol gynhenid ddrwg ydyn nhw? Ydy eu pechod nhw'n waeth na phechod unrhyw un ohonon ni? A chyn i neb ohonoch chi ailadrodd yr hen bregeth fod Jyrmans yn ddrwg a bod rhaid eu dileu nhw bob un, nid rhidyll yw rhyfel y gallwn ni wthio dynoliaeth drwyddi i'w puro. Puro pechod pwy? Rydyn ni'n pechu cymaint ag unrhyw Jyrman. Dyna pam fod pob un ohonon ni yma. Yma i ladd. Nid i warchod tir na thrigolion y lle yma.' Lledodd Seimon ei freichiau dros y dyffryn ffrwythlon lle roedd eu gwersyll. Fflachiodd ei lygaid gydag angerdd colsyn llosg. Cododd ei lais.

'Dyn ffein yw'r Caplan. Dyn caredig sy'n ceisio helpu pobol fel ni sy'n simsanu ar foroedd tymhestlog.'

Agorodd Gruff ei geg a'i chau wedyn. Nid dyma'r amser i geisio gwneud jôc am gymysgu delweddau.

'Dydy Duw ddim yn siarad â neb,' sibrydodd Seimon yn ffyrnig gan blygu dros y tri arall. 'Achos. Does yna. Ddim. Duw.' Siglodd y geiriau'n aflonydd yn yr awyr. Eisteddodd Seimon yn ôl ar y ddaear laith. Treiglai dagrau cynddaredd i lawr ei fochau.

Safai Gruff yn stond. Roedd smôc Byrti hanner ffordd i'w geg a mwg y sugnad cynt yn chwistrellu'n ddigymell o'i drwyn yn edefyn llwyd. Caeodd Edwin ei lygaid, fel petai hynny'n medru rhwystro geiriau Seimon rhag cyrraedd ei ymennydd. Atgoffwyd Byrti am funud o'r tri mwnci: un dall, un mud ac un byddar. Sgleiniai trochion poer yng nghorneli ceg Seimon ac anadlai'n drwm. Cynheuodd Edwin sigarét a'i gwthio rhwng bysedd crynedig ei gyfaill. Teimlodd y bechgyn eu hyder prin yn llifo i lawr eu coesau, drwy'u traed i'w sugno'n farus gan bridd Ffrainc. A chydag ef, eu gobaith.

Rhedai Byrti ac Edwin, fel y gwnaeth y ddau ochr yn ochr dros y Foel uwchben Cwmsyfiog, y rhedyn yn crafu eu coesau a'r awyr uwch eu pennau'n las, las fel llygaid Florrie. Ond roedd sŵn siels yn ffrwydro o'u cwmpas ac yn merwino'u clustiau, a mwg yn llosgi'u ffroenau wrth iddo gadw sodlau Edwin yn y golwg a baglu ar ei ôl rhwng llwyni, brigau a boncyffion cnotiog yr hen goedwig. Cyfeiriai'r bidog ar flaen ei ddryll ef ymlaen fel saeth.

Ymlaen i ble, doedd e ddim yn rhy siŵr. Bellach, doedd e chwaith ddim yn gwybod pam. Drwy'r weiren bigog ddieflig ac ymlaen i lawr y pant ...

Nes iddo fethu gweld traed Edwin. Safodd Byrti yn ei unfan ac er bod sŵn bustachu ac ymosod a saethu a bloeddio a sgrechiadau a griddfannau meirwon o'i gwmpas ymhob man, peidiodd y byd â throi. Oherwydd wrth ei draed gorweddai Edwin; roedd rhosyn du yn blodeuo o dwll lle bu ei lygad eiliadau ynghynt a llysnafedd llwyd yn treiddio drwy hollt siâp gwên uwchben ei glust. Syllodd yn anghrediniol ar ei gyfaill, a'r un llygad oedd yn ymbilio'n ofer am help. Cododd Edwin grafanc waedlyd a chydio fel gelen yn llawes ei ffrind.

Cofiodd Byrti ddiwrnod cyntaf Edwin ac yntau yr ysgol, y ddau yn taflu cipolygon swil ar ei gilydd cyn cael eu rhoi i rannu desg ddwbl. Bu'r ddau'n ei rhannu bob dydd am bum mlynedd ar ôl hynny. Doedd dim modd eu gwahanu: plygent eu pennau – un pen golau ac un pen tywyll – wrth stryffaglio i ffurfio llythrennau â sialc ar eu llechi a chwysu dros symiau rhannu. Pan ddaeth diwedd i'r dyddiau ysgol, dechreuodd y ddau weithio dan ddaear gyda'u tadau ar yr un diwrnod. Ymsythodd Byrti wrth gydgerdded lawr y tyle gyda'i dad ar y dydd Llun cyntaf hwnnw. Ymunodd ag Edwin a'i dad yntau ar waelod y rhiw, a chyda'u capiau a'u mwffleri a'u tuniau bwyd newydd doedd y ddau lanc yn ddim ond dau ddiferyn ychwanegol yn y llif dynol a redai tua'r siafft i'w boddi'n feunyddiol gan y tywyllwch.

Gwyddai Byrti wrth wasgu llaw Edwin mai rhedeg ymlaen y disgwylid i filwr ei wneud, ond allai o yn ei fyw ymdopi â'i frad pe gadawsai i Edwin wynebu'r diwedd ar ei ben ei hun. Pe bai hynny'n golygu y câi yntau ei gosbi – hyd yn oed ei saethu am anufudd-dod, doedd e ddim am adael ei bartner, ei ffrind gorau, yn ei wendid.

Chwyrlïai'r frwydr o'u cwmpas nhw eu dau. Ynghanol y berw, gwyddai Byrti na ddylai aros yno'n hwy. Agorodd ei lygaid ond allai e weld dim drwy'r mwg o'i gwmpas. Dim ond clywed rat-tat-tat drylliau, gweryru poenus ceffylau a sgrechiadau milwyr yn eu hing. Yn ei ben ac o'i gwmpas rhuai tymestl o daranau'r magnelau. Roedd ynghanol Teyrnas y Diafol ei hun. Cafodd ei ddysgu yn yr ysgol gan Miss Whitson mai lle ofnadwy i bobl bechadurus oedd hwnnw. Pa ddrygau roedd e ac Edwin wedi'u gwneud i haeddu'r Uffern byw hwn?

Sychodd y chwys o'i dalcen â chefn ei law rydd. Doedd gwaed ffres ddim yn pwmpio o ben Edwin bellach a phan deimlodd Byrti ei wddw gyda'i fysedd, doedd dim curiad. Caeodd lygad Edwin yn barchus, fel na allai weld chwaneg o ddistryw. Gwasgodd y llaw leidiog, lipa cyn ei gollwng a rhedodd ymlaen dros y baw gan ofalu osgoi'r cyrff a darnau o'i gymdeithion a orweddai'n anniben ar y tir. Wyddai e ddim i ble roedd e'n mynd ond yn y pellter, drwy'r mwg a sgerbydau llosg coed, gwelai gysgodion y lled-fyw yn dringo bryn coediog. Dilynodd Byrti nhw gyda dagrau poeth yn ei ddallu. Dyheai am heddwch glan môr y Rhyl a'r bryniau gwyrddion yn gadwyn ar y gorwel.

Baglodd drwy'r prysgwydd. Feiddiai e ddim troi ei gefn i gael un cip olaf ar Edwin, dim ond pydru ymlaen, ymlaen. Clywai sgrechiadau'r clwyfedig a thrymru gynnau'r gelyn yn ffrwydro dros ei ben ac o'r tu ôl iddo i lawr y bryn. Ni fyddai llawer o gorff drylliedig Edwin ar ôl erbyn i'r cludwyr meddygol ei gyrraedd, a diolchodd na châi Mrs Harris druan fyth wybod yr holl wir. Byddai Killed in Action yn ddigon o wybodaeth iddi hi. Byrdwn llawer o lythyrau Mrs Harris i'w mab oedd ei phryder fod Edwin a Byrti yn rhan o'r Ffyrst Rhondda, sef un o'r Catrodau Pals fel y gelwid hwy. Golygai hynny fod ffrindiau o'r un pentref neu weithle yn gefn i'w gilydd, ond credai Mrs Harris y collai cymunedau clos eu bechgyn i gyd yr un pryd mewn brwydrau ac y byddai colled o'r fath yn ormod i unrhyw bentref. Ac yn awr, gwireddwyd ei hofnau; gwyddai Byrti nad Edwin yn unig o'u hardal hwy a gollid heddiw.

Bu Brigâd 114 y Gatrawd Gymreig a Brigâd 115 y Ffiwsilwyr Cymreig yn ymbalfalu'n ddall ers tri o'r gloch y bore gyda'r nod o ennill y goedwig a fu ym meddiant y Boche ers misoedd. Iawn Syr, meddyliodd Byrti'n goeglyd pan gawsant eu gorchmynion. Dim problem. Dim ond un o gatrodau cryfa'r Almaen, rhyw Prussian rywbeth neu'i gilydd, oedd yn eu herbyn. Byddin o filwyr tal, profiadol a phroffesiynol yn erbyn pytiau o ffermwyr, glowyr, chwarelwyr a seiri coed Cymru na saethasant erioed at ddim byd amgenach na sach wedi'i stwffio.

O'i flaen, ymddangosodd rhith milwr anferth mewn lifrai Almaenig yn rhuthro tuag ato, ei ddryll yn anelu at galon Byrti. Cyn iddo gael cyfle i danio, syrthiodd y cawr ar ei fol, yn gwingo mewn poen ac yn mwmial 'Mutter, Mutter' wrth draed Byrti. Uwch ei ben a thrwy'r mwg, gwelodd Byrti wên wen Seimon. Roedd yn troi ei fidog fel allwedd mewn clo rownd a rownd yng nghefn y milwr ac yn syllu ar ei ffrind gyda gwacter dieithr yn ei lygaid duon. Roedd yn mwynhau poenydio'r bachgen penfelyn ar y llawr o'i flaen.

'Paid, Seimon! Lladda fe!' sgrechiodd Byrti.

'Beth?'

'Mae'n rhaid i ni 'i ladd e a'i baglu hi o 'ma. Cyn i ni gael ein hamgylchynu gan y bastards!' Wyddai Byrti ddim beth a godai'r ofn mwyaf arno – ymddygiad Seimon neu'r sicrwydd fod yn rhaid iddo ladd rhywun, yr eiliad honno.

Bu farw'r Almaenwr yn syth, ei waedd olaf am ei fam yn diweddu ar ei hanner. Cododd Byrti ei olygon drwy'r mwg a'r coed tua'r awyr las uwchben, rhag ofn y gwelai enaid yr Almaenwr yn codi ar ei adenydd bach claerwyn i'r entrychion. Ni welai ddim ond dail gwyrdd yn siglo'n ysgafn ar fore o haf a chymylau yn donnau gwynion yn erbyn y glesni, fel patrwm tywod traeth y Rhyl ar drai.

Er i'r ddau dynnu a sathru ar ei gorff, doedd dim symud ar fidog Seimon o gefn yr Almaenwr. Yn y diwedd bu'n rhaid datgysylltu'r gyllell o'r dryll. Ymlaen â'r ddau: un wedi'i ysgwyd gan y profiadau erchyll a wynebodd, a'r llall wedi cael blas ar waed, yn ysu am ladd eto.

'Boche Marw yw'r Boche Gorau!' bloeddiodd Seimon yn orfoleddus.

Roedd hi bron yn amhosibl gweld o'u blaenau rhwng y coediach a'r mwg ond llusgodd y ddau ymlaen ar eu boliau i fyny'r llethr fel dwy neidr lwyd. Bu'n rhaid iddynt newid llwybr sawl gwaith er mwyn osgoi'r cclanedd a orweddai blith draphlith. Weithiau roedd hi'n anorfod eu bod yn cropian dros gyrff, a hynny heb boeni'n ormodol i ba fyddin roedden nhw'n perthyn.

Pan glywsant chwiban isel yn hedfan tuag atynt, llamodd Seimon am Byrti a syrthiodd y ddau i bydew siel ynghanol cawod o bridd a metel poeth. Peth fel hyn yw marw, meddyliodd Byrti. Ceisiodd anadlu ond llanwodd ei ffroenau a'i geg â deilbridd llaith. Â'i wyneb yn y ddaear gwasgai angau'n drwm arno, yn pwyso, pwyso, fel na allai symud na llaw na throed. Roedd ar fin suddo i'r diddymdra du pan glywodd riddfan yn ei glust chwith a symudodd y pwysau ddigon iddo fedru troi ei ben fymryn i'r ochr a thynnodd wynt glân yn ddiolchgar i'w ysgyfaint.

Gorweddai Seimon ar gefn Byrti fel dau yn caru mewn bedd.

'Wy wedi 'i cha'l hi, boi,' sibrydodd Seimon. 'Dial Duw arna i am ddweud nad oedd e'n bod ac am ddwyn enaid dyn arall.'

'Nage. Fe ddown ni drwy hyn. Dere, Sei, fe helpa i di i symud.' Er i Byrti ymdrechu i wingo'i hun o'r pydew, doedd dim symud ar gorpws mawr llonydd Seimon.

'Yr Arglwydd yw fy Mugail. Ni bydd eisiau arnaf,' mwmialodd y llais yn ei glust. 'Ie, pe rhodiwn ar hyd glyn cysgod angau, nid ofnaf niwed.' Tawelodd y llais myngus a thrymhaodd y pwysau ar Byrti drachefn.

'Canys yr wyt ti gyda mi ... a phreswyliaf yn Nhŷ yr Arglwydd yn dragywydd.' Gorffennodd Byrti'r salm ar ran ei ffrind a chydag un ymdrech olaf, llwyddodd i greu bwlch iddo'i hun yn y pridd llac a rhowlio o goflaid angeuol Seimon. Ysgydwodd Byrti ei ben a cheisio gwagio'i glust o'r poer a'r gwaed a dreiglodd iddi o geg Seimon. Fel aden ddrylliog, ymwthiai talp maint dwrn o fetel tawdd o gefn

Seimon. 'Llygad am lygad, dant am ddant,' sibrydodd Byrti'n ffyrnig wrth ailgydio yn ei ddryll.

'Tyrd efo fi, was.' Llais dieithr milwr byw. 'Mae'r copa o fewn ein cyrraedd.' Ac wrth gropian drwy lwyni drain, sylweddolodd Byrti mai gweithred olaf y cawr mwyn oedd rhoi ei fywyd dros ei gyfaill.

Pennod 8

Awst 1916

Ar brynhawn o haf eisteddai Byrti a'i frawd yng nghyfraith yn nhafarn y Windsor. Syllai Byrti'n anghrediniol ar dorch daclus o lawes wen a orffwysai ar ei fraich. Crys gwyn o gotwm meddal oedd amdano. Roedd ei groen, o gwmpas ei ewinedd hyd yn oed, yn lân. Tynnwyd ei lygaid at y peint cwrw bywiog, ei drochion yn bygwth gorlifo o'r gwydr a thywallt dros y bwrdd o'i flaen. Sgleiniai'r haul drwy'r ffenest led-dryloyw a gwnâi hynny i'r cwrw ymddangos fel cawg o aur cyfoethog. Bu gartref bellach ers deuddydd ac ar brydiau bu bron i'r croeso a dderbyniodd a'r rhyddhad a deimlai ei lethu. Am wythnos gron, gyfan, câi gyfle i ymlacio, i orffwyso, i ddod i adnabod ei ferch seithmis oed ac i fyw'r breuddwydion a'i cynhaliodd dros y misoedd diwethaf. Ond tra oedd e'n ymlacio yn y Rhyl roedd miloedd o fechgyn yn marw. Sawl cyfaill arall fyddai wedi'u colli erbyn iddo ddychwelyd i'r Ffrynt? Doedd y lladdfa yno ddim yn peidio oherwydd ei absenoldeb ef.

Cyn gynted ag y cyrhaeddodd y tŷ echdoe, ar ôl cyfarch Ned, Elin a Rathbone ac yfed paned o de – heb flas petrol – o un o gwpanau tseina gorau ei fam yng nghyfraith, cerddodd Florrie i mewn i'r gegin yn ei ffrog werdd gyda'r babi delaf a welodd Byrti erioed ar ei braich ac Eric bach swil yn cuddio'r tu ôl i'w sgerti. Chydiodd e ddim erioed mewn babi cyn hynny. Mynnai Annie, ail wraig ei dad, nad oedd dynion i fod i afael mewn plant – yn enwedig dynion oedd yn gweithio dan ddaear, rhag ofn i'w bryntni dreiddio rywsut i gyfansoddiad y plentyn. Cadwodd Byrti draw oddi wrth y myrdd plantos a gyrhaeddodd yn rhibidires ym mlynyddoedd cynnar yr ail briodas, felly cyfyng oedd ei brofiad ym myd bodau cyn lleied ac mor fregus yr olwg. Eisteddodd yn ansicr gyda'i ferch fach ar ei arffed yn syllu ar y sêr a ddawnsiai yn ei llygaid mawr brown, a theimlodd law fach yn cydio'n ei lawes.

'Dada' sibrydodd Eric. 'Dada adra.'

'Hei! Dwi'n marw o syched fama,' torrodd llais Rathbone ar draws ei feddyliau.

'Beth?'

'Ti'n mwynhau fy arteithio i?' Ystumiodd Rathbone ei ben at ei freichiau.

'Beth? O, sori. Roedd fy meddwl i'n bell.'

Chwarddai Rathbone wrth i Byrti godi'r gwydr at ei geg, a bu bron iddo dagu ar y llowc cyntaf.

'Wel. Ty'd 'laen 'ta. Be' sy' ar dy feddwl di? Dwyt ti'm yn falch o fod adra?'

'Argol fawr, ydw. 'Ma'r lle gore yn y byd.'

'Be? Yn y Windsor? Efo fi?' ciledrychodd Rathbone arno'n ddireidus.

'Nage. Gartre gyda chi i gyd.'

Roedd Rathbone yn ddigon call i beidio â thynnu arno ymhellach.

Cododd Byrti'r gwydr i geg ei ffrind drachefn cyn ymestyn at ei gwrw ei hun a chymryd dracht hir, myfyrgar. Roedd ei feddwl ar chwâl. Dychmygai jeli llwyd ei ymennydd yn chwyrlïo'n wyllt o dan ei benglog. Roedd swigod trochion ei gwrw'n ffrwydro'n ysgafn fesul un, yn fyrhoedlog fel ei gof am ei blentyndod cynnar. Ymhlith yr holl atgofion clir am fyw yn y cwm roedd cysgodion atgofion cynharach yn doredig ac anghyflawn. Daethai un iddo echdoe ar y trên wrth nesáu at orsaf y Rhyl. Syllai Byrti drwy ffenest y cerbyd ar y caeau a ruthrai oddi tano yn un stribyn gwyrdd, a gwyddai, rhywsut, iddo gael profiad tebyg o'r blaen – y byd yn mynd heibio ar ras. Pwysai Byrti'i dalcen ar y gwydr y tro hwnnw hefyd. Ond wrth i'r trên arafu ciliodd yr atgof annelwig ac anghofiodd amdano, tan y foment honno.

'Be' hoffet ti i swper heno, Byrti bach?' Dyna fyddai Elin yn ei alw bob tro. Roedd hi'n mynd dros ben llestri braidd wrth groesawu'i mab yng nghyfraith arwrol adref. Yn syth wedi iddo ddod dros y rhiniog cydiodd Elin yn ei iwnifform, ei grys a hyd yn oed ei ddillad isaf budron ac, er gwaetha'i brotestiadau, eu sgubo i'r gegin i'w diheintio, eu golchi a'u smwddio. Cawsai grys gwyn a streipen las ysgafn drwy'r defnydd yn anrheg gan Florrie ac roedd ei drowsus gorau yn dal i'w ffitio, er ei fod yn llacach o gwmpas ei ganol nag y bu.

'Treip. Ches i ddim treip ers i Mam farw.' Doedd ail wraig ei dad ddim yn meddwl bod treip yn bryd digon chwaethus i Alfred, ei gŵr golygus. Bu prydau bwyd ei fam, Jane, bob amser yn gynhesol a maethlon a llwyddai i wneud mwy na digon i bawb bob amser. Blaenoriaeth Annie oedd sicrhau fod ei dad a hithau'n cael llond eu boliau, tra byddai'n rhaid iddo fe a'i chwiorydd wneud y tro â sbarion.

'Treip amdani felly. Dydan ninnau ddim yn ei gael o'n ddigon aml chwaith, nac'dan Ned?'

Anwybyddodd Ned hi gan ei fod â'i ben yn y canlyniadau pêl-droed yng nghefn yr *Advertiser*. Roedd ganddo gymaint o ddiddordeb yn hynt ei dîm lleol ag a oedd ganddo pan oedd John Love yn un o'u sgorwyr mwyaf cyson.

Wedi i Florrie lapio Maudie'n glyd mewn siôl frethyn, cychwynnodd y teulu bach am siop gig Dewyrth Tom yn y Stryd Fawr. Cydiai Eric yn llaw Byrti a chariai Florrie'r fechan yn y siôl a daflwyd yn ddeheuig dros ei hysgwydd. Roedd y strydoedd yn llawn o deuluoedd ar wyliau; yn fechgyn bach mewn siwtiau llongwr a genethod mewn hetiau gwellt a ffedogau gwynion dros ffrogiau hafaidd. Tyrrai teuluoedd yn un fflyd at lan y môr am ddiwrnod o adeiladu cestyll, bwyta brechdanau tywodlyd ac yfed lemonêd ar yr enwog Rhyl Sands.

'Ti'n meddwl y byddai dy fam yn fodlon gwarchod Maudie er mwyn i ni'n tri gael chwarae ar y tywod pnawn 'ma? Dwi'n siŵr y byddai Eric wrth ei fodd yn cael mynd am dro ar y mulod.'

Gwenodd Florrie. Roedd ar Eric ofn y mulod am ei fywyd ers iddo fynd yn rhy agos at un ryw fis ynghynt pan aethai Cathrin a Gwen â'r tri hogyn bach ar y tywod. Sathrodd y mul ar droed Eric nes gwneud iddo nadu ac wylo. Cariodd Gwen ei nai bach yr holl ffordd adref, ond ar ôl cael cadach oer i'w roi ar y clais a hufen iâ o siop Sidoli, cytunwyd bod y droed wedi gwella'n rhyfeddol o sydyn. Agorodd Florrie ei cheg i ddweud yr hanes, ond newidiodd ei meddwl pan sylweddolodd fod Byrti, a fagwyd mewn pentref di-liw yng ngwaelodion cwm cul na chyrhaeddai'r haul mohono am fisoedd ar y tro, ac na welodd ryfeddod y môr cyn cyrraedd y Rhyl, ar dân eisiau mynd i'r traeth.

'Wn i be' wnawn ni. Mi ofynnwn i Mam ofalu am y ddau. Mi fydd Georgie yn y tŷ pnawn 'ma i chwarae efo Eric ac mi gawn ninnau fynd am dro.'

Gwasgodd Byrti ei llaw'n ddiolchgar cyn camu i mewn i siop gig Dewyrth Tom. Daeth y teimlad rhyfedd hwnnw drosto eto, ond nid cofio delwedd o'i orffennol wnaeth o y tro hwn ond adnabod arogl y siop a sawr hen waed yn hongian yn gwmwl o gylch Dewyrth Tom wrth iddo blygu dros Maudie fach gysglyd i'w hedmygu. Am eiliad cofiai ei hun yn cael ei gario ar ysgwydd dyn â'r union wynt hwn arno. Ac roedd y ddau brofiad – y trên a'r arogl cig – yn gysylltiedig â'i gilydd. Diflannodd y rhith mor sydyn ag y daeth.

Ond nid breuddwydio roedd Byrti yn ddiweddarach pan oedd Florrie yn cyd-gerdded ag e ar rodfa'r môr yn ei ffrog werdd, ynghanol ymwelwyr nad oedd ganddynt yr un gofal yn y byd. Eisteddai criwiau o filwyr ifanc yn mwynhau'r haul a jôc ar wal y prom. Catrawd arall yn aros yn y Rhyl nes bod gwersyll hyfforddi newydd Parc Cinmel yn cael ei gwblhau. Mwynhewch tra medrwch chi, bois, meddyliodd Byrti. Doedd ganddyn nhw ddim syniad beth oedd o'u blaenau.

Ymunodd y ddau â chlwstwr o bobl oedd wedi ymgasglu o flaen bŵth tal. Edrychai fel pabell syrcas gul, yn atyniadol yn ei streipiau coch a melyn. Theatr Professor Green oedd hi, deallodd Byrti, ac roedd bwrdd du o dan ei llwyfan bychan yn datgan y byddai'r perfformiad nesaf am dri o'r gloch. Tarodd cloc Eglwys Sant Tomos yr hanner awr.

'Ewn ni am dro bach am ryw ucen munud a dod yn ein

holau y ffordd yma, ife Florrie? Os gollwn ni ddarn cynta'r sioe, o leia fe fyddwn ni mewn pryd i weld y crocodeil a'r sosejis!'

Trodd y ddau tua'r gorllewin i gyfeiriad y Foryd. Roedd hwylbrennau sgwner tri mast i'w gweld yn codi uwchben twyni tywod Pen y Gyrten. Er gwaetha'r rhyfel, parhâi'r masnachu o Bwllheli, o Lŷn a thua Lerpwl fel y gwnaethai ers canrifoedd; ond bellach, oherwydd datblygiadau yn y system reilffyrdd, roedd llai a llai o angen am longau i gludo nwyddau.

'Awn ni tua'r Marine Lake a mynd ar y trên bach rownd y llyn fel y gwnaethon ni drannoeth ein priodas?' holodd Florrie. 'Neu fynd at y Foryd i wylio'r stemar cario fisitors o Lerpwl yn cyrraedd?'

'Ddim heddiw. Awn ni fory gydag Eric a Maudie, ein pcdwar gyda'n gilydd.' Ymestynnai ei wyliau yn rhuban llyfn diddiwedd o flaen Byrti. Pa raid gwneud popeth heddiw?

Roedden nhw bellach gyferbyn â gwesty'r Queens. Ymnyddai plant yn chwarae mig rhwng coesau'r cyplau a gerddai fraich ym mraich a chlywid cloch ambell feic, ond stopiodd Byrti yn ei unfan. Syllai'r milwr ifanc ar ffenestri'r gwesty'n llachar yng ngolau'r prynhawn.

Bu'n sefyll yma unwaith o'r blaen, ar ddiwrnod o smwclaw niwlog. Rheng ar ôl rheng o filwyr y Gatrawd Gymreig yn llenwi'r rhodfa fawr, yn standing to attention yn eu lifrai o frethyn llwyd Cymreig. Theimlai neb mo chwip y tywod ar draws eu bochau oblegid heddiw roedd Major E. Dixon wedi dod i'w harchwilio. Ac yna, agorodd drws un o stafelloedd y Queens Hotel, a chamodd

Canghellor y Trysorlys, David Lloyd George, allan ar falconi i'w hannerch: y Cymro a ddaethai'n un o wŷr pwysica'r deyrnas. Sgubwyd llawer o'i eiriau tua'r Foryd gan y gwynt heb i'r milwyr eu clywed, ond mynegai iaith ei gorff a phytiau o'i lais cyfoethog ei falchder amlwg yn y gatrawd hon. Roedd yntau'n fyr o gorffolaeth fel mwyafrif y milwyr a safai o'i flaen – dywedodd y Cadfridog Picton unwaith mai Cymro cydnerth, yn bum troedfedd a phedair modfedd o daldra, oedd y troedfilwr delfrydol mewn unrhyw fyddin. Clywodd Byrti ambell gymal o'r araith, am 'gopaon uchel Anrhydedd, Gwladgarwch a Dyletswydd' ac am 'binaclau Aberth yn pwyntio fel bysedd geirwon tua'r Nefoedd'. Wrth wylio dwrn angerddol y gwleidydd yn morthwylio'r awyr, roedd Byrti'n argyhoeddiedig y byddai yntau ryw ddydd yn derbyn medalau am ei ddewrder, a neb llai na Lloyd George yn eu cyflwyno iddo. Ni chaniatâi i'r posibilrwydd arall groesi ei feddwl. Drannoeth, cychwynnodd y Ffyrst Rhondda o'r orsaf am Winchester a bu'n rhaid i Byrti ffarwelio â'i wraig newydd.

'Awn ni 'ta? Neu mi fyddwn ni wedi colli'r sioe,' meddai Florrie. Dadebrodd Byrti a chynnig ei fraich iddi. Erbyn iddyn nhw ddychwelyd at y stondin roedd Punch eisoes wedi eistedd ar y babi ac wedi lladd Judy â'i slapstick. Roedd y dyrfa'n eu dyblau a phan ymddangosodd y crocodeil a llond ei geg hir o sosejis, ymollyngodd Byrti yntau i chwerthin nes bod dagrau'n powlio i lawr ei wyneb. Mwynhâi Florrie ei weld yn ymlacio fel hyn. Daeth y crogwr i'r llwyfan i gosbi Punch am ei greulondeb ond mewn symudiad slic, cafodd y crogwr ei hun â'i ben yn y rhaff a Punch yn datgan yn ei lais gyddfol – That's the way to do it.

'Dere. Wy wedi ca'l digon ar y dwli 'ma.' Cydiodd Byrti'n gadarn ym mraich Florrie a'i llusgo oddi yno. 'Mae'n amser te. Fe fydd dy fam yn poeni amdanon ni.'

'Mae hi'n gw'bod lle ydan ni. Dim ond ers awr rydan ni allan o'r tŷ,' eglurodd, ond dilynodd ef heb brotest pan welodd nad dagrau llawenydd oedd ar ei wyneb. Roedd Byrti'n crio dagrau hallt. 'Edwin?' sibrydodd.

Cododd ei ysgwyddau, cystal â chyfaddef na wyddai'n iawn. Roedd mor amrwd ei emosiynau ac yn llawer mwy bregus nag yr oedd Florrie wedi disgwyl iddo fod. Meddyliodd am yr alarch gwydr a roddwyd i'w mam gan ymwelwyr diolchgar un tro. Disgynnodd hwnnw o'r pentan wrth iddi dynnu llwch, a malwyd ei wddf tenau yn deilchion. Doedd dim modd ei drwsio.

'Oes rhaid i ti fynd yn d'ôl i'r rhyfal? Aros yma efo Eric a fi a Maudie fach. Mi fyddi di'n ddiogel efo ni.'

'Paid â siarad dwli!' Fflachiodd ei lygaid llwydion mewn cynddaredd. Nid oedd Byrti eriocd wedi codl'i lais ati o'r blaen. 'Wyt ti'n gwybod beth fyddai'n digwydd i mi petawn i'n gwrthod mynd ar y trên 'na fore Sadwrn?' Adroddodd wrthi hanes Duncan McKay.

Ar ôl iddyn nhw gyrraedd adref, gwelodd Byrti ei wraig yn sleifio pisyn tair i boced Rathbone. 'Cerwch allan eich dau i'r Windsor am awran,' meddai.

Dyna sut y daeth y ddau i fod yn yfed peint bach tawel yn y dafarn ar waelod y stryd.

'Deud dipyn o dy hanas wrtha i 'ta, Byrti. Ti'n gw'bod mai chdi ydy'r peth agosa ga' i at weld y Front Line.'

'Diolcha.'

'Ydy hi'n ofnadwy yna?'

'Ofnadw? Dyw ofnadw ddim yn hanner, nage, chwarter cyfleu peth mor felltigedig ac uffernol a brwnt ac anobeithiol yw bod yn y blydi twll lle, yn ymladd pobol nad wyt ti'n eu nabod na'n mynd i'w gweld nhw byth. Pobol fel ti a fi sydd erioed wedi gwneud dim byd i ni.' Pwniodd ei frest yn galed. 'Bechgyn 'run oed â fi â gwragedd a phlant bach a rhieni. Rwyt ti'n gorfod saethu'n ddall drwy gymylau o fwg heb wybod pwy na beth fydd dy fwled di'n ei daro. A lladd pobl sy' â dim i neud â ni ... ddim â fi.' Pannodd ei frest eto. 'Wyddost ti na alla i ddeud pa dymor o'r flwyddyn yw hi 'na? Byth. Does 'na ddim awyr na lliw, dim deilen, dim blodyn. Dim byd byw. Dim blydi deryn bach yn hedfan heibio hyd yn oed. Dim ond baw a llacs a phethau wedi marw.' Edwinodd ei lais yn ddim. Roedd yr yfwyr eraill a bwysai'n erbyn y bar yn araf sugno'u cwrw mwyn o wydrau trwchus dros eu copïau o'r *Liverpool Echo* hefyd yn moeli'u clustiau erbyn hyn.

'Ty'd, was. Mi fydd swper yn barod erbyn hyn dwi'n siŵr.' Cododd Byrti a gadael ei beint heb ei orffen, agor y drws i Rathbone a cherddodd y ddau yr ugain llath i'r tŷ.

Amser swper, gweinyddwyd y treip yn urddasol mewn dysglau bas gwynion a rhosod gleision o amgylch yr ymyl. Y blodau oedd yr unig bethau roddai fflach o liw i'r bwrdd, sylwodd Byrti: roedd y lliain ar y bwrdd yn glaerwyn, y tafelli bara'n wyn ac, wrth gwrs, y treip ei hun fel darnau o dafodau tonnog gwynion yn nofio yn y saws winwns gwyn. Bwriodd Byrti ei lwy yn egnïol i'w ddysgl ac wrth gnoi cymerodd gip ar Rathbone wrth ei ochr oedd â'i ben yn ei bowlen yn bwyta'i fwyd fel ci. Sylweddolodd unwaith yn rhagor nad oedd wedi dod i arfer ag anabledd ei frawd yng nghyfraith. Onid oedd yn bosibl i rywun ei helpu i adennill nerth yn ei freichiau diffrwyth?

'Ych a fi. Be' 'di hwnna?' holodd Ffranci â'i drwyn wedi crychu. Codasai ei ben o'i wy wedi'i ferwi a'i frechdan pan glywodd glepian platiau'r oedolion ar y bwrdd.

'Nain, pam fod Yncl Byrti'n bwyta bandejis gwlyb?'

'Be' haru chdi'r hogyn gwirion? Dydy o ddim, siŵr.'

'Ma'r petha 'na'n wyn. Ma' bandejis yn wyn, yn tydyn Yncl Byrti?' Nodiodd Byrti'n glên wrth glywed ei enw, heb ddeall ond y gair bandages. 'Felly mae'n rhaid mai bandejis ydyn nhw,' rhesymodd Ffranci wrth dyrchu ymhellach ym mhlisgyn ei wy. Trawai ei sgidiau'n rhythmig ar far y gadair wrth siarad.

'Taw â dy sŵn, gorffan dy swpar, cliria dy blât a hegla hi am y gwely.' Edrychodd Ned yn flin ar ei ŵyr dros ei bapur newydd.

'Dewis, dewis, dau ddwrn,' llafarganai Ffranci a Georgie wrth i'w nain gynnig ei dwylo caeëdig dan eu trwynau. Roedd darnau o fferins pinc yn un dwrn. Daeth y gêm yn ddefod nosweithiol i wobrwyo'r bechgyn am glirio'u platiau. Syllai Byrti'n ddall ar wynder ei fwyd, ei lwy'n llonydd yn ei law uwch ei bowlen a'i feddwl yn bell.

'Eeny, meeny, miny, moe,' sibrydodd Edwin yn ei glust dde.

'Catch a baby by his toe,' gwatwarodd Seimon yn y llall. Ond dim ond rhes o gynfasau gwynion yn llawn siwrwd dynol oedd o'i flaen. A'r ddau ben wedi'u clymu'n barseli twt.

Dewis, dewis, dau ddwrn.

P'run yw Sei a ph'run yw Edwin?

Chwysai wrth ddychmygu y gallai un o'i ddau gyfaill fod yn fyw o hyd ac yn gaeth yn ei amdo wen. Yn mygu. Cofiodd Miss Whitson 'slawer dydd yn adrodd stori am ddyn yn dihuno yn ei arch ac yn curo, curo, curo ar y caead pren nes y'i gorchuddiwyd gan bridd. Tan nawr sylweddolodd Byrti ddim y byddai rhywun wedi achub y dyn petaent wedi'i glywed. Celwydd oedd y stori felly, ond daliai i gofio crafanc oer arswyd yn cydio amdano y prynhawn hwnnw.

Dychmygodd gynnwys elorau'n cael eu harllwys i fedd hir, hir.

Dewis, dewis, p'run o'r rhai hyn
Yw'r corff du ynghanol rhai gwyn?

Lludw i'r lludw. Llwch i'r llwch.

'Yncl Byrti? Iw want tŵ nô wot mi and Georgie dyn twdê on ddy sands?' Nodiodd Byrti ei gymeradwyaeth, yn falch o ddadebru o'i hunllef. Doedd Ffranci erioed wedi mentro'i Saesneg prin arno o'r blaen. 'Wel, wi sô a feri big jeliffish laic ddus,' pwyntiodd Ffranci at faint ei blât, 'and wi cyfyrd ut wudd tywod wudd owyr spêds, and wi jamp on ut laic ddus.' A chododd y ddau hogyn bach a neidio i fyny ac i lawr ar deils y gegin tan i'w nain eu hatgoffa mai gorffen swper oedd y nod ar hyn o bryd yn hytrach na thyllu llawr y gegin efo'u carnau.

'Pam ydach chi'n siarad Saesneg efo'ch ewyrth, hogia? Wneith o byth ddysgu siarad Cymraeg os mai Saesneg mae o'n 'i glywed gan bawb.' Edrychodd Ned ar ei wyrion unwaith yn rhagor dros ymyl ei bapur newydd.

'Mi gym'rith hi lot fawr o amsar iddo fo ddysgu'n gneith? A dydy o ddim yma'n amal, nac'dy? 'Chos bod o'n 'rarmi yn cwffio Jyrmans. Dan ni i gyd yn fama,' sgubodd Ffranci gylch eang o'r stafell gyda'i lwy, 'yn medru siarad Saesneg. Felly, i be' awn ni i draffarth?' Dychwelodd ei sylw at ei wy. Syllodd Ned arno am eiliad cyn mynd yn ôl at ei bapur.

Wrth i Byrti dywallt finegr yn helaeth dros ei dreip, gwyddai fod angen noson gynnar arno heno. Roedd Florrie angen ymddiheuriad am iddo fod mor siort â hi.

Gorweddai Byrti â Florrie yn y gwely yn y llofft a rannent â'r plant. Cysgai Eric ar fatras clyd yng nghornel y stafell a chwifiai traed bach tewion Maudie yn y gwyll uwchben ei chrud pren wrth droed y gwely. Canai hwiangerdd annealladwy iddi ei hun. Mae'n rhaid ei bod hi'n alaw effeithiol canys ymhen munud neu ddau, aeth holl aelodau deiliad y crud yn llipa a thawelodd y llais. Anadlodd Maudie'n ddistaw bach a chwyrnai Eric â'i geg yn llydan agored fel pctai'n dal gwybed. Doedd dim swn arall: dim clecian drylliau yn y tywyllwch, dim pesychu nerthol Howitzers, dim pwnio aflywodraethus ei galon ei hun wrth ddisgwyl i siel lanio arno a dwyn ei anadliad olaf.

Gafaelodd Byrti yn llaw chwith Florrie gan droi ei modrwy briodas yn fyfyrgar rhwng ei fys a'i fawd. Cododd ei llaw at ei wefusau a'i chusanu. Tarodd golau'r stryd ar y fodrwy drwy hollt rhwng dwy len y ffenest gan daflu gewin o aur ar batrwm y papur wal.

'Sgwenna ato fo.'

'Beth?'

'Sgwenna at dy dad a gofyn iddo fo os ydy o'n gw'bod ble mae hi.'

'Ble mae pwy?' holodd Byrti'n ddiniwed.

'Ti'n gw'bod yn iawn – dy fam gyntaf, siŵr.' Cosodd ef dan ei ên yn chwareus ond gwyddai Florrie hefyd nad oedd Byrti am chwarae. Roedd cael cyfarfod Maudie fach wedi ei ddad-sefydlogi unwaith yn rhagor, wedi codi'r hen grachen ynglŷn â phwy oedd o mewn gwirionedd. Bachgen bach nad oedd neb mo'i eisiau wedi'i gymryd i'w fagu gan ddieithriaid? Neu gan ei dad gwaed a'i wraig? Wyddai o ddim i sicrwydd. Mi wyddai Florrie mai dyna wraidd y drwg.

'Wy ishe gweud wrth Mam fod gen i blentyn. Dangos Maudie fach iddi, i fy mam ga'l gweud gymaint mae hi'n hoffi fy merch, ac iddi afael amdani a'i hanwesu a gweud mor debyg yw lliw ei gwallt a'i llygaid i'm rhai i.' Tawodd a syllu i wacter tywyllwch y llofft.

A dweud y gwir, roedd Byrti braidd yn genfigennus o Florrie – roedd Elin a Ned yn tragwyddol ganmol eu hwyres, eu hwynebau'n llenwi â heulwen wrth ei gweld am y tro cyntaf bob bore. Roedd gwên y fechan yn dadmer pob calon yn y stafell, ond chawsai ef erioed y profiad o weld ei deulu ei hun yn edmygu ei ferch. Doedd dim diddordeb gan ei dad: roedd hwnnw'n rhy brysur yn dal i genhedlu'i blant ei hun. Hiraethai'r crwt amddifad am fam i fod yn falch ohono.

Awst 1916

Annwyl Mam,

Mae fy ngwyliau yma gyda fy nheulu yn y Rhyl bron â dod i ben a thrennydd byddaf yn dychwelyd i Ffrainc ar y trên. Dyma'r tro cyntaf i mi ddod adref at fy ngwraig, ac erbyn hyn mae gen i ferch fach. Mae hi'n blentyn annwyl iawn, yn mwynhau chwarae â botymau gloyw fy nhiwnic gyda'i bysedd bach meddal. Maudie yw ei henw ac mae hi bron yn wyth mis oed. Mae ei llygaid yn frown a'i gwallt tywyll fymryn yn gyrliog. Rydw i'n siŵr y bydd yn ferch hardd iawn ryw ddydd, fel ei mam-gu!

Mae mab bach Florrie, fy ngwraig, yn fy ngalw'n Dada erbyn hyn ac rydw i yn hoff iawn ohono. Crwt tawel yw Eric, sy'n hoffi chwarae gyda'i flociau pren a'i filwyr bach. Maudie yw cannwyll ei lygad yntau, ac mae'r ddau'n ffrindiau mawr.

A bod yn onest, dydw i ddim yn edrych ymlaen o gwbl at ddychwelyd i Ffrainc. Bûm yn ffodus hyd yn hyn na chefais yr un anaf na haint ond mae'n annhebygol y bydd fy lwc yn parhau. Wyddech chi fy mod wedi colli Edwin Harris, fy ffrind bore oes, ym Mrwydr Coedwig Mametz fis Gorffennaf? A'm ffrind newydd, Seimon o Gaerdydd, yr un diwrnod. Tybed oeddech chi'n adnabod Jim, ei dad? Neu'n mynd i'r un capel efallai? Bu bron i mi dorri fy nghalon ond alla i ddim dychmygu pa wewyr yr aeth mamau'r ddau drwyddo. Wnewch chi fyth brofi'r fath alar gan nad ydych chi'n bodoli, dim ond yn fy nychymyg. Fe fydda i'n dweud y gair 'Mam' yn uchel wrthyf i'n hun weithiau. Ond nid yw'n cyniwair dim ynof fi – dim o'r gorffennol – dim ond gwacter a charpiau o ddarluniau a allasai fod yn atgofion.

Gyda'm holl gariad,

Eich mab,

Byrti

Pennod 9

Diwedd Haf 1916

Dihunodd Byrti gyda chalon drom ar ei seithfed bore yn ei gartref yn y Rhyl. Doedd e ddim eisiau i neb ei hebrwng i lawr y stryd na cherdded y canllath a hanner i'r orsaf gydag ef, ond wedi iddo gau'r drws yn glep a throi'i gefn ar rif 7 fe'i clywodd yn ailagor, a sŵn traed Rathbone yn rhedeg ar ei ôl.

'Mam agorodd y drws i mi,' esboniodd yn hwyliog. 'Doedd hi ddim isio i ti grio ar dy ben dy hun yr holl ffordd i'r orsaf.'

'Lle mae Florrie?'

'Yn crio ar ei phen ei hun yn y gegin,' gwenodd Rathbone. 'Paid â phoeni gormod amdani hi. Mae 'na ddigon ohonon ni i ofalu amdani hi a'r plantos.'

'Preifat?' Clywodd Byrti lais gwan, crynedig. Yn nrws rhif 15 safai gwraig ganol oed, mewn dillad galar du o'i chorun i'w sawdl, yn mwytho mwclis du ei llaswyr. Cydiai mewn dwy hances wen, un ym mhob llaw, a defnyddiodd un i sychu'r dagrau o'i llygaid chwyddedig. Daliai'r hances arall o dan drwyn Byrti.

'Bore da.' Cyfarchodd Byrti y wraig a syllai'n daer arno, a phlygu ei ben yn nes er mwyn gweld yn well beth oedd yn ei llaw. 'Dim diolch. Mae gen i hances lân. Dydw i ddim am lefen, er ei bod hi'n anodd gadael Florrie a'r plantos.' Doedd Byrti ddim yn siŵr sut i ymateb iddi.

'Rydach chi mor smart.' Camodd y wraig dros y rhiniog tuag ato a chyffwrdd â'i lawes. 'Welsh Regiment, yntê?'

'Ie. Dyna chi.'

'Bore da, Mrs Byrne.' Gwenodd Rathbone yn glên arni cyn troi at ei frawd yng nghyfraith. 'Mae Hugh, mab Mrs Byrne, yn Ffrainc hefyd, Byrti.'

'Ydy. Ac roedd Patrick, fy mab hynaf, yno hefyd ... nes iddo gael ei ...' Diflannodd ei llais cryg fel dŵr i raean. 'Ewch chi â'r hances yma i Hugh? Mae o'n y Welsh Regiment hefyd.' Gwthiodd yr hances i'w law.

'Ym mha fataliwn?' Chafodd Byrti ddim ateb i'w gwestiwn – roedd Mrs Byrne eisoes wedi troi ar ei sawdl a diflannu i gaddug hirsgwar y pasej.

'Dydy hi byth yn mynd allan o'r tŷ nac yn agor y llenni ers iddi dderbyn y teligram i ddweud fod Patrick ar goll. Chawson nhw erioed hyd iddo fo,' esboniodd Rathbone yn dawel.

Troesant i'r chwith wedi cyrraedd y gornel a cherddodd y ddau'n fud tua'r orsaf, yr hances wen yn hongian o law Byrti. Syllodd arni. Roedd pob milwr fel yr hances hon, meddyliodd, yn beth i'w ddefnyddio a'i waredu pan fyddai wedi gwneud ei waith.

Wedi iddo ffarwelio â Rathbone a gafael yn lletchwith am ei ysgwyddau gan na allai ysgwyd llaw, cafodd Byrti ei hun yn un o gant o filwyr a safai yma ac acw fesul dau a thri ar y platfform, yn aros i gael eu cludo'n ôl i Southampton. Roedd ar ben ei hun y tro hwn. Doedd Edwin ddim yno i gadw cwmni iddo, nag i chwerthin ar y poster a'i wynebai ar wal yr orsaf: Colwyn Bay – the gateway to the Welsh Rockies. Bron na allai Byrti glywed

Edwin yn dychmygu sut y buasai eu hen athrawes ysgol fain yn dringo'r mynyddoedd ysgythrog gan sugno ar ffon o roc pinc, gyda 'Rhyl' yn rhedeg yn ddiddiwedd drwyddi mewn llythrennau gwynion. Gwelai Edwin ddoniolwch ymhob sefyllfa, goleuni drwy bob tywyllwch a da ymhob drwg. Bwriad Byrti oedd mynd i ymweld â Nansi, cariad Edwin, oedd yn byw ddwy stryd oddi wrth deulu Florrie, i sôn wrthi am farwolaeth annhymig Edwin; i egluro na fu farw ar ei ben ei hun a dweud pa mor ddewr oedd e a sut y bu iddo wynebu ei ddiwedd gyda'i henw hi ar ei wefusau. Efallai nad oedd yr honiad olaf yn wir, ond tybiai y byddai'r celwydd hwnnw yn help i gynnal Nansi wrth iddi geisio ymdopi â'i galar. Ond wrth i Byrti gerdded tuag adref o'r orsaf ddydd Sadwrn diwethaf, pwy ddaeth i'w gyfarfod, fraich ym mraich â milwr ifanc, ond Nansi. Roedd wedi ymgolli cymaint yn ei chariad newydd wrth iddo sibrwd yn ei chlust a chribo'i fysedd drwy'i gwallt, fel na sylwodd ar Byrti a'i gitbag ar ei gefn yn cerdded yn siomedig heibio iddi.

Wrth aros am ei drên, ymbalfalodd Byrti ym mhoced ei diwnic am sigarét. Cyn iddo gael cyfle i'w thanio fflachiodd fflam dan ei drwyn. Tynnodd ar ei smôc a nodio'i ddiolch i berchennog y fatsien.

'Walter Davies,' moesymgrymodd y gŵr dieithr yn ffug-goeglyd. Gwenodd Byrti am y tro cyntaf y diwrnod hwnnw. Doedd hwn ddim yn aelod o'i fataliwn, sylweddolodd Byrti, ac roedd yn falch o hynny. Cyd-deithiwr byrhoedlog arall fyddai Walter felly. Plyciai nerfau Byrti fel tannau yn ei goesau a'i freichiau a phwmpiai'i ben yn galed – y peth olaf roedd arno'i angen oedd cydnabod neu gyfaill i sylweddoli mor fregus y teimlai wrth orfod dychwelyd i'r Ffrynt.

'Welsh Regiment?'

'Ie. Tenth. A tithe?' Gwthiodd Byrti'i ysgwydd i gyfeiriad Walter iddo weld y cylch o ffelt coch a ddynodai i ba fataliwn y perthynai.

'Ffortînth. Swansea.' A dangosodd y cylch melyn oedd ar ei benysgwydd yntau. 'Sa i'n mo'yn mynd yn agos i'r blydi Belgium 'na 'to. Geso' i anaf cas ar 'y nghoes. Saf'on nhw hi … gwaetha'r modd.' Cododd goes ei drowsus a dangos clwyf ffyrnig siâp cryman rhwng ei ben-glin a'i figwrn. Roedd talp o'r cyhyr ar goll. 'Wy'n llawn o shrapnel o hyd. Teimla hwn.' Gosododd Byrti flaen ei fys yn betrus lle dangosodd Walter iddo. Roedd ymyl caled, metelaidd o dan y graith goch. 'O'n nhw'n ffili 'i dynnu fe rhag i fi waedu i farwolaeth. Trueni na fyddwn i wedi gwneud hynny – o leia fydden i ddim yn gorffod mynd 'nôl 'na. O'n i'n dychmygu 'se fe'n hwyl, yn dipyn o antur. Cysgu dan y sêr, cwrdd â ffrindie newydd, saethu ambell Jyrman, bod yn arwr. 'Se'n well tasen i wedi dilyn Nhad i gael fy ngwasgu ym melinau rholio'r gwaith tun.' Llanwodd ei lygaid. 'Wy'n ormod o gachgi i redeg bant, ond wy'n rhy llwfr i ladd neb chwaith. Beth amdanat ti?'

Daeth gweryru o gefn y gerbydres. Diolch byth, ochneidiodd Byrti, gan na wyddai beth i'w ddweud yn wyneb y fath gyffesiad. Trodd Walter ac yntau eu golygon i gyfeiriad sŵn y ceffylau. Roedd tri ostler ifanc yn ceisio llwytho hanner dwsin o geffylau i'r trên – y fyddin wedi'u meddiannu o ffermydd lleol, mae'n rhaid, meddyliodd Byrti. Edrychai'r bechgyn yn falch o'u cyfrifoldeb newydd gan gredu y bydden nhw'n siŵr o dreulio'r rhyfel ymhlith swyddogion o farchogion. Cofiai Byrti drafodaeth am atafaelu ceffylau ychydig wythnosau ynghynt pan fu'n rhaid iddo ofyn i Ned gyfieithu darn o golofn Gymraeg y *Rhyl Advertiser* iddo. Gwelsai erthygl na ddeallai ond y geiriau 'Welsh Horse (Reserve)' ynddi, sef un arall o gynlluniau Lloyd George. Yn ddistaw bach, rhyfeddai'r Byrti uniaith at rwyddineb Ned yn trosi'r cynnwys i Saesneg iddo. Roedd y ddwy iaith mor llithrig ganddo. Sylwodd hefyd fod acen Saesneg y Northmyn yn ymdebygu'n fwy i acen gogledd Lloegr nag i acen bechgyn y Cymoedd: doedd ganddyn nhw ddim cymaint o dinc cerddorol i'w goslef.

Dros y misoedd blaenorol roedd Byrti wedi dechrau arfer â Chymraeg yr aelwyd; roedd y synau'n dechrau dod yn gyfarwydd iddo rywsut, ond doedd o ddim yn hoffi meddwl eu bod yn siarad amdano. Tybed beth fyddai ei ymateb petai Florrie'n siarad Cymraeg â Maudie fach, a sut y byddai'n teimlo wrth eistedd yn eu plith, yn methu deall gair o'u bregliach dieithr yn ei gartref ei hun? Poethai ei waed wrth ddychmygu'r teulu yn y gegin glyd yn chwerthin am ben storïau doniol Ned, yn nodio'u cymeradwyaeth i syniadau Elin a phawb yn gytûn yn eu swigen fach o ddealltwriaeth ac yntau, y Sais o ddieithryn, fel adyn yn eu plith.

'Speak English, so that I can understand what you're saying!' Dyna fwriadai ei ddweud wrthyn nhw. Byddai'n rhaid iddo sefydlu ei awdurdod ar y cartref wedi'r rhyfel. Â Ned yn heneiddio, y fe, Byrti, fyddai penteulu'r dyfodol. Roedd ei dad yn iawn. Mewn amgueddfa y dylai'r Gymraeg fod. O'r golwg. Dan glo. Doedd dim lle i'w hynafiaeth drwsgwl yn yr ugeinfed ganrif. Fe wnâi e'n siŵr y byddai ei blant yn cael eu magu y tu hwnt i'w chrafangau mursennaidd, dibwrpas. Allai e wneud dim ynglŷn â newid iaith Ned ac Elin ond byddai'n flaenoriaeth ganddo i sicrhau na fyddai'r Gymraeg yn iaith i'r genhedlaeth nesaf.

Beth bynnag am hynny, byrdwn yr erthygl yn y papur oedd bod digon o fechgyn fferm yn yr ardal oedd wedi hen arfer trin ceffylau, a bod croeso iddyn nhw ym Myddin Cymru. Aed ymlaen i sôn am sut y bu i ragor ar gyfartaledd ymrestru yng Nghymru nag mewn unrhyw ranbarth arall o Brydain, ond pwysleisiwyd bod angen i lawer mwy ymuno â hwy rhag i orfodaeth ddod i rym.

Gair cynnil o rybudd, felly. Roedd y bechgyn ifanc a siaradai mor dyner â'r meirch yn wageni'r trên wedi derbyn eu swllt brenhinol, dim ond er mwyn cael gofalu am eu hanifeiliaid. Druan ohonyn nhw a'u gobeithion ffôl. A pha mor hir fyddai oes ceffyl ar faes y gad? Dyddiau? Oriau, efallai? Syllodd Walter ac yntau ar y brwdfrydedd yn llygaid y bechgyn balch. Doedd Byrti ddim wedi llwyr ddygymod â'r posibilrwydd na ddychwelai i'w gartref, ond ar ôl iddo golli cymaint o'i gymdeithion, dechreuasai gynefino â threulio bob dydd yn gobeithio nad dyna'i ddiwrnod olaf yntau. Teimlai fel petai'n byw yn yr arswyd parhaol y byddai'r cam lleiaf yn ei daflu tuag at y diwedd. Roedd yn fwy penderfynol nag erioed i oroesi'r erchyllltra a fyddai'n ddiau o'i flaen wrth droi am diroedd Ffrainc unwaith eto. Ond gwyddai yn ei galon mai gobaith gwan oedd hwnnw: clywsai ddweud, o bob pedwar milwr a fentrai i theatrau rhyfel Ewrop, y lleddid un ac y clwyfid dau'n ddifrifol. Dim ond un o bob pedwar a allai obeithio dychwelyd gartref yn ddianaf. Heb glwyfau gweladwy, hynny yw, meddyliodd Bytri wrth sathru'n ffyrnig ar stwmp ei sigarét.

Eisteddodd Walter ac yntau ochr yn ochr yn y trên gyda phedwar o'r RWF gan fân sgwrsio am anghysur cyffredinol eu bywydau, am fwyd gwael y gwersylloedd yn Ffrainc ac am ddiffygion eu hiwnifform – dim digon o sannau, menig na dillad isaf glân. Adrododd Byrti sut y collodd pob aelod o'r Ffyrst Rhondda eu hesgidiau martsio yn ystod eu diwrnodau cyntaf yn Ffrainc.

'Ddaethon nhw byth i'r golwg, a bu'n rhaid i ni fartsio am filltiroedd i Saint Floris yn yr esgidiau a fwriedid ar gyfer eu gwisgo yn y ffosydd. Drwy'r dydd roedd y glaw yn hyrddio'n rhewllyd ar ein hwynebau, ac roedd pob un ohonon ni'n grwgnach ynglŷn â'r esgidiau coll.'

Cofiodd Byrti eiriau Gruff pan gawson nhw seibiant yng nghysgod pwt o goedwig, pan ddiferai talpiau o ddŵr glaw o'r canghennau noethion i lawr pob gwegil a chefn. 'Rhoswch chi nes y daw'r eira a'r rhew, pan fydd eich piso chi'n rhewi cyn cyrraedd y llawr! Tydan ni ddim wedi gweld 'i chwarter hi eto, bois.'

Teimlodd Byrti iddo gael taith ddiddorol wrth i'r criw chwerthin yn hwyliog mewn ymateb i straeon ei gilydd yng ngherbyd cysurus y trên, yn chwarae cardiau a chyfnewid profiadau. Bechgyn dibryder yn mwynhau trip trên oedden nhw i bob golwg, ond â'u breuder emosiynol yn gysgod trostynt, digon ysgafn ac arwynebol fu'r trafodaethau. Yn y man cawsant eu hunain wedi'u llwytho fel gwartheg i howld y Troop Ship gorlawn yn Southampton, lle llwyddodd y bechgyn i gysgu'n aflonydd ar y lloriau llaith.

Wedi iddo lwyddo i arfer â thawelwch y llofft gefn yn Windsor Street, ddaeth cwsg ddim yn hawdd i Byrti ynghanol rhu'r peiriannau. Ei ailbaratoi ar gyfer uffern di-gwsg y ffos oedd bwriad y daith ddiflas hon, mae'n rhaid. O'i gwmpas roedd tuchan a phesychu a chwyrnu a mydr cyson peiriannau'r hen long yn llenwi ei ben, yn union fel y gwnâi drymio magnelau pan fyddai'n rhaid iddo dreulio nosweithiau effro'n gwylio a gwrando am arwydd bod y gelyn yn nesáu. Ceisodd Byrti gloi'r dwndwr allan o'i ben er mwyn i'w ddychymyg gael dianc yn ôl i ddedwyddwch diwrnod ei briodas.

Erbyn y Pasg roedd Byrti wedi symud i fyw at y teulu gan fod Florrie ac yntau wedi penderfynu priodi – er nad oedd brys na dyddiad wedi ei drefnu. Hynny yw, nes iddi sibrwd yn ei glust un noson pan oedden nhw'n gorwedd yn eu hoff guddfan, yn ddwfn ynghanol un o dwyni tywod pen dwyreiniol y prom, y bydden nhw'n rhieni cyn diwedd y flwyddyn. Fe, yn llanc pedair ar bymtheg oed, yn mynd i fod yn ŵr ac yn dad. Beth fyddai gan ei dad i'w ddweud, tybed? Gwgu, mae'n debyg. Ac Annie hithau – byddai ei hwyneb gwelw'n ei farnu drwy siap ei cheg-sugno-lemwn. Ond ag yntau ymhell o'i gafael a'i gwenwyn doedd dim ots.

O fewn dyddiau i gyhoeddiad Florrie cafodd holl filwyr y Tenth Welsh orchymyn i fynd i gysgu mewn pebyll yng ngwersyll y Foryd er mwyn rhyddhau gwelyau y tai lojin i filwyr newydd oedd ar eu ffordd i'r Rhyl i'w hyfforddi – ac i ambell ymwelydd beiddgar oedd wedi penderfynu mentro i draethau melyn y Rhyl ar wyliau haf. Am y tro cyntaf ers blwyddyn a hanner, roedd twristiaid yn ogystal â milwyr yn llenwi'r trenau a gyrhaeddai orsaf y dref.

Gorchmynwyd y Tenth, yn ogystal, i ymbaratoi at adael y Rhyl er mwyn symud i Winchester am hyfforddiant pellach cyn croesi'r môr i'r Ffrynt.

'Mi fasai'n well i ni briodi rŵan felly,' cofiodd Byrti ei hun yn awgrymu. A pham lai, rhesymodd ag ef ei hun – roedd o leiaf un o'r miloedd o filwyr a letyai yn y dref yn priodi merch leol bob wythnos. Pe lleddid milwr priod, câi'r weddw bensiwn i fagu ei phlentyn ... ac fel arfer, fe fyddai 'na blentyn. Ar ôl priodi, fyddai Florence, Eric bach a'r babi newydd ddim ar y plwy petai rhywbeth yn digwydd iddo, a ph'run bynnag, roedd eisoes wedi penderfynu nad âi byth yn ôl i fyw at ei dad a'i hen wrach o wraig.

Doedd fawr o amser nac arian i drefnu priodas mewn nac eglwys na chapel ac felly, ymhen tair wythnos, priodwyd Florrie yn ei ffrog werdd a Byrti yn ei lifrai yn swyddfa gofrestru'r dref, gydag Edwin a Gwen yn dystion. Croesodd y pedwar ohonynt y ffordd at yr American Studio i gael tynnu llun i gofio'r achlysur. Eisteddodd Florrie ar gadair a thorsythodd Byrti'n falch wrth ei hochr. Archebwyd tri chopi o'r llun. Brynhawn y briodas, i ffwrdd â nhw ar y trên i weld un o ryfeddodau'r ardal, Rhaeadr Dyserth, ac yna aethant gyda cheffyl a thrap i Felin y Marian am de prynhawn gyda'r gorau yn y fro. Bu'r ddau yn sipian te ac yn bwyta sgons hufennog Mrs Rogers. Cofiodd wylio'r haul yn taro'r diferion dŵr a lifai oddi ar styllod olwyn y felin cyn chwalu'n ddiemwntau i'r nant drachefn. Cofiodd sut y bu iddynt syllu'n swil ar ei gilydd dros y llestri tseina gan ddymuno'n dawel bach i'r prynhawn hwnnw allu para am byth.

Roedden nhw wedi cyrraedd adref cyn i Eric bach fynd

i'w wely, ac am un noson fu dim rhaid i Byrti ffarwelio â Florrie a cherdded i lawr Wellington Road i'r gwersyll pebyll ger y Foryd. Y noson honno, roedd eu caru'n angerddol a thyner bob yn ail, oherwydd gwyddai Byrti y byddai'n cysgu mewn cae gyda dau gant a hanner o ddynion y noson ganlynol, a Florrie mewn gwely unig.

Rhyfedd o fyd, meddyliodd Byrti. Bu'n briod ers dros flwyddyn bellach a dyheai am weld diwedd ar y Rhyfel, er gwaetha'r ansicrwydd a ddeuai'n ei sgil. Pa swydd allai e ei chyflawni yn y Rhyl? Dim ond cropian ar ei fol mewn twneli tywyll a rhawio glo i dramiau a wnaethai ers saith mlynedd. Ond digon i'r diwrnod ...

Trodd meddwl Byrti yn ôl at ei siwrne ddigysur. Pwy fyddai'n ei ddisgwyl yn y gwersyll y tro hwn? Nid Edwin, na Seimon. A thybed pwy arall a gollwyd tra bu'n mwynhau ei wyliau gyda'i dculu? Mawr obeithiai y gwelai Gruff ac Albie eto. Byddai cael sgwrs â'r Gilbert annymunol hwnnw a ddychwelodd yn gwbl wyneb-galed at ei gatrawd yn well na dim hyd yn oed, ystyriodd. O leiaf byddai'n wyneb cyfarwydd. Sylweddolodd Byrti ei fod wedi dechrau ofni cyfarfod ffrindiau newydd rhag ofn iddynt hwythau, hefyd, ei adael.

Wedi noson anesmwyth ynghanol griddfan, chwydu a hunllefau, dociodd y llong gyda'r wawr lwyd ym mhorthladd Le Havre. Ffarweliodd Byrti â Walter Davies pan aeth y ddau i ymuno â'u catrodau eu hunain.

Drannoeth wedi cyrraedd y gwersyll rhannwyd y post. Agorodd ei lythyr.

Dear Bertie,

I was pleased to receive your letter and the post-card of the Rhyl promenade last week. It appears that you and your wife live in a pleasant location at the sea-side. Belated congratulations also on your marriage and on the birth of your daughter. Your sister, Maude, is particularly taken by the fact that she now has a niece who shares her name.

I expect that you will have returned to the Front by the time this letter arrives. I follow the progress of the 38th Welsh Division with interest in the local newspaper. Everyone here is behind you and proud of your endeavours.

Mrs Harris sends her regards and has asked me to send you the enclosed mittens which she had knitted for Edwin, ready for the coming winter.

You asked if I had information regarding your birth mother. Her name was Polly Bevan but I have had no contact with her for many, many years and have no knowledge of her whereabouts. You were, as I recall, born in Cardiff.

My wife wishes you well as do I and your brothers and sisters.

Your father

Ymhen y mis roedd Byrti'n arllwys ei galon i Florrie mewn llythyr.

F'annwyl wraig,

Mae bywyd yn mynd ymlaen o ddydd i ddydd yn ddigon digyffro: pedwar diwrnod yn amddiffyn y ffos, pedwar diwrnod wrth gefn a phedwar o Resting, Cleaning up and Refitting, fel maen nhw'n ei alw fe!

Mae fy nhad yn cadw'n iawn ac yn cofio atat ti ac at y plantos, ond yn anffodus cefais fy siomi gan nad yw e'n gwybod fawr ddim am fy mam iawn. Ond mae gen i fy nheulu fy hun erbyn hyn, felly wna i ddim gor-boeni am y peth bellach. Diflannodd fy ngobaith olaf am unrhyw wybodaeth o Gaerdydd gyda marwolaeth Seimon druan.

Yn ymyl Weipars ryden ni erbyn hyn. Nid dyna enw iawn y dref, wrth gwrs, ond gallaf ddweud ei bod wedi'i llwyr ddinistrio gan fomio trylwyr. Mae'r neuadd hardd ble gwerthid gwlân a brethyn ers yr Oesoedd Canol bellach yn domenni anniben o gerrig.

Yr wythnos ddiwethaf, roedden ni'n ymlacio mewn caffi yn un o'r pentrefi tu ôl i'r ffosydd: fi, Gruff a Stanley Evans, bachgen o Lyn Ebwy, yn rhannu potel o win gwyn. Dyw e ddim yn torri syched fel y bydd peint o'r Windsor ond mae gwydraid neu ddau yn medru lleddfu tipyn ar ein hiraeth ni. Roedd hi'n dechrau nosi erbyn hynny, a grwpiau ohonom yn dyrrau bach clòs yn sgwrsio'n hamddenol rownd y byrddau crynion pan ddaeth rhyw hanner dwsin o filwyr i mewn a'u hacenion Seisnig swanc yn llenwi'r lle.

'Move, Taff,' meddai un ohonyn nhw wrtha i, 'I want to sit there.' Atebais i'n ddigon cwrtais nad oeddwn i wedi gorffen fy niod eto ac y byddwn yn codi pan fyddwn yn barod i adael. 'You're only a bit of a kid – not even old enough to be a soldier, let alone to drink wine with men,' meddai, gan gydio yng nghefn fy nghadair a'i llusgo oddi tanaf. Ro'n i ar y llawr a phob sgwrs yn y caffi wedi tawelu. Saethais ar fy nhraed a sgwario o flaen y bwli, oedd yn gweryru chwerthin gyda'i fêts dwl. A dweud y gwir, Florrie, roedd e bron i droedfedd yn dalach na fi, ond ro'n i wedi cael digon arno.

'Not old enough! I'll have you know that I'm a married man with two children,' atebais. Ddwedais i'n iawn, yn do?

'A married man?' chwarddodd y cythraul yn fy wyneb a'i griw lloeaidd yn udo fel haid o fleiddiaid y tu ôl iddo. 'Who'd want to marry a little runt like you? Feel his face, lads, he doesn't even shave!' A phlygodd yn ddigywilydd i gyffwrdd fy moch. Wel, dyna'i gwneud hi. Syrthiodd rhyw gyrten coch o flaen fy llygaid, teflais fy mraich yn ôl a dyrnu'r cythraul o dan glicied ei ên nes ei fod e'n mesur ei hyd ar y llawr pren, a chadeiriau a gwydrau a photeli gwin yn tasgu i bob cyfeiriad. Er bod fy nwrn yn ddigon poenus, ro'n i'n teimlo'n gawr – nes i mi gael fy llusgo oddi yno mewn cyffion.

Fe ges i 'nghosbi, Florrie, ond gallai pethau fod yn waeth. O leiaf doedd y dyn arall ddim yn swyddog. Yn ystod y gaeaf diwethaf, gwelais fachgen o'r Second Rhondda yn cael cosb ofnadwy – roedd e wedi taro swyddog oedd wedi'i geryddu e am fod yn feddw ar ddyletswydd. Cafodd ei glymu mewn cyffion, law a throed, wrth olwyn wagen a'i adael yno am dair awr bob dydd am bythefnos, ym mhob tywydd.

Gwelodd y bechgyn eraill yn union beth ddigwyddodd i mi a rhoi geirda drosta i 'r swyddogion. Yn ddistaw bach, do'n i ddim yn difaru yr hyn wnes i achos fe gafodd y Sais diawl gosb hefyd am fy nghythruddo mor greulon. Bu'n rhaid i ni'n dau gywiro ffosydd a'u hail-lorio am ddeuddydd pan oedd y bechgyn eraill i gyd yn ymlacio yn y pentref. Fe wnes i fwynhau pob munud o weld y bwli cas yn ymlafnio yn y mwd drewllyd gyda chlamp o raw a hances wen lân wedi'i rhwymo dros ei drwyn, a'i ddwylo meddal fel lard yn wrymiau cochion. Dyfriai ei lygaid gan y drewdod a'r ymdrech. Wnaiff e ddim bygwth bachgen o'r Gatrawd Gymreig eto ar chwarae bach.

Diolch i ti am y mwffler gwlân ac i dy fam am wau'r sannau cynnes. Gan fod pob cacen neu baced o losin, baco neu bowdwr chwain sy'n cael ei anfon at y bechgyn yn cael eu rhannu rhwng pawb fe fydd hi'n braf cael y sannau i mi fy hun. Â'r tywydd yn ocri a'r dyddiau'n byrhau, mae cadw traed yn sych ac yn glyd bron yn amhosib. Dydw i'n sicr ddim eisiau cael trench foot, sy'n gwneud i draed rhywun bydru a throi'n ddu fel talpiau amrwd o gig. Ro'n i hefyd yn falch o'r baco a'r newyddion fod Rathbone wedi cael gwaith. Bydd wrth ei fodd yn gofalu am gwt y Bâd Achub; Ffranci a Georgie wrth eu boddau yn ei helpu i agor a chau'r drysau trwm bob bore a nos, a'r ymwelwyr wrth eu boddau gyda'i jôcs a'i wybodaeth am y dref. Diolch am anfon ei lun ataf. Mae o'n edrych mor smart a swyddogol yn sefyll o flaen y cwch yn ei gap pig-gloyw, yn union fel capten.

Rho gusan i'r ddau fach drosta i. Ac wrth gwrs, dyma i ti un i ti dy hun. X

Tan y tro nesaf.

Byrti

Plygodd y llythyr yn daclus a'i roi yn ei dun trysorau. Roedd gan Florrie fwy na digon i feddwl amdano, heb orfod gwybod gormod am yr hyn a ddigwyddai iddo ef. Anfonai bwt o gerdyn post ati, penderfynodd, a dangosai'r llythyr hwn iddi pan fyddai'r cyfan drosodd.

Pennod 10

Diwedd Gaeaf 1917

Bu'r bataliwn yn yr un ardal ers bron i bedwar mis bellach, yn amddiffyn y Salient ger Ypres ac yn paratoi at yr ymgyrch fawr nesaf. Byddai miloedd o ddynion mewn rhesi hir, hir, am filltir ar ôl milltir yn mynd dros y top yn eu tro i geisio gwthio'r Boche ryw lathen neu ddwy ymhellach yn ôl â'u cynffonnau rhwng eu coesau. O leia, dyna oedd y bwriad.

Gwaith brwnt oedd dyletswyddau'r dyddiau diffaith o aros a pharatoi: cloddio a thrwsio ffosydd a'u hail-lorio. Roedd daear yr ardal yma o wlad Belg yn dir parhaol soeglyd ac roedd torri ffosydd dyfnion a fyddai'n sicrhau lefel foddhaol o ddiogelwch i'r milwyr allu byw a chysgu ynddyn nhw'n waith oedd bron yn amhosibl. Doedd ffosydd Fflandrys ddim mor gadarn â'r ffosydd a gloddiwyd mewn rhannau eraill o Ffrainc chwaith. Unwaith y torrai rhaw y tir cleiog ar lannau camlas Yser, llenwai'r twll â dŵr a godai o'r ddaear. Nid ffosydd fel y cyfryw oedd llawer o amddiffynfeydd gwan milwyr yr hyn a elwid yn Theatr Ryfel Fflandrys, ond muriau a godwyd o sachau llawn pridd a thywod. Ond roedd cysgu mewn ffos gul, wleb ar y linell flaen am ddyddiau ar y tro yn anorfod i filwyr cyffredin.

Wrth lwytho pridd i sachau neu osod llwybrau o styllod pren i lorio'r ffosydd, roedd cwmni Gruff, y ffermwr ffein o Sir Drefaldwyn, yn ysgafnhau pob gorchwyl. Chafodd Byrti erioed ffrind oedd yn siarad Cymraeg o'r blaen ac ambell dro, ers iddo briodi, bu iddo amau a oedd barn gibddall ei dad am Gymry Cymraeg yn gwbl gyfiawn. Canai Gruff 'Bugeilio'r Gwenith Gwyn' a 'Lisa Lân' gydag angerdd, ac er na ddeallai Byrti mo'r geiriau hoffai'r modd y lleddfai'r gerddoriaeth ei hiraeth ffyrnig. Ond trawyd Gruff yn wael ar y diwrnod ofnadwy hwnnw pan oedd eira'n pluo o awyr haearnaidd a'r ddau gyfaill yn gorfod cydweithio ar gloddio ceudy newydd yn lle'r llall a oedd yn llawn.

Dihunodd Byrti y bore hwnnw, fis ynghynt, i fyd tawelach nag arfer. Syrthiai haen ar ôl haen o blu fel gwawn dros ei gôt fawr, dros furiau sachau tywod y ffos nes meddalu'r dur a'r haearn a goleuo'r düwch a ddaeth yn gymaint rhan o'i fywyd beunyddiol. Crogai pibonwy oddi ar frigau cnotiog coeden gyfagos. Roedd y ffos bron â bod yn dlws.

Pydewau culion, dyfnion, oedd tai bach y milwyr a darnau pren yn fath o sedd drostynt. Roedd erchylltra'r drewdod a dreiddiai ohonynt yn anodd ei amgyffred. Roedd hi'n anorfod eu bod rywfaint ar wahân i ardaloedd byw'r milwyr, a llwyddodd sneipars y gelyn i saethu ambell filwr anffodus a oedd yn darged llonydd. Crechwenodd Byrti wrtho'i hun ar ei waethaf. Am ffordd i farw! Os oedd tyrchu yn y pridd yn anodd ar y gorau, roedd hi bron yn amhosibl ar dywydd fel y diwrnod hwnnw. Cofiodd Byrti am stori a ddysgodd yn yr ysgol gan Miss Whitson 'slawer dydd am ddyn o ryw wlad bell – Romans neu Grîcs efallai – oedd yn gorfod gwthio clamp o garreg i ben rhyw fynydd. Unwaith roedd e'n cyrraedd y copa roedd y garreg yn rowlio'n ôl i lawr i'r gwaelod a byddai'n rhaid i'r dyn, Sisi-rwbath, ddechrau eto, a hynny am byth, bythoedd!

'Wyddost ti be, was?' Pwysai Gruff ar ei gaib. Camodd yn ofalus o'r twll ac estynnodd bwt o stwmp o boced ei diwnic a'i thanio gyda'r leitar a gynigiodd Byrti iddo. Cyfnewidiodd Byrti chwe Woodbine am y leitar hwnnw y diwrnod cynt, ac o ganlyniad doedd ganddo ddim smôcs ar ôl tan y dydd Sadwrn canlynol pan fyddai dogn yr wythnos yn cael ei rhannu. Curodd y ddau eu traed ar y llawr i geisio'u cynhesu a chwythodd Gruff gymylau o fwg arian i'r awyr rewllyd wrth siarad.

'Ma' hwn yn dipyn o leitar.' Trodd Gruff y teclyn yn edmygus rhwng bys a bawd. Gorchudd cetrisen oedd ei gorff ac roedd olwyn fechan ar ei ochr, a wig o gortyn wedi'i socian mewn petrol yn ymwthio o'r twll ar ei frig. O droi'r olwyn, taniai'r wig. Gwyrthiol. Crefftwr o of o Gasnewydd oedd wedi'i greu a byddai'n smocio'n ddi-baid gan fod ei fusnes rhan amser yn ffynnu. Cariai ei gyd-filwyr ddyrneidiau o gasys cetris gweigion iddo a threuliai ei gyda'r nosau'n ffeilio a naddu yng ngolau pwt o gannwyll. 'Gostiodd hwnna i ti, yn do boi?'

'Do. Ond fydd dim rhaid i mi boeni am fod yn third on a match byth eto. Fe fydda i'n saffach gyda hwn.' Pocedodd Byrti'r teclyn ar ôl rhoi sglein iddo ar frest ei siaced. Gwenodd ar ei gyfaill.

'Ond wyddost ti be, boi?' cychwynnodd Gruff eto.

'Beth?'

'Maen nhw wedi rhoi'r job uffernol yma i ni'n dau am eu bod nhw'n meddwl mai dyna'r math o bobol ydan ni.' Pwyntiodd yn ôl ac ymlaen â'i sigarét rhwng Byrti ac yntau, cyn pasio'r smôc at ei ffrind. Bu bron i Byrti ei gollwng; roedd hi mor fer a phoeth a'i ddwylo mor anhyblyg o oer. 'Fi'n fab fferm wedi arfer â llaid a thail a thitha'n löwr bach yn byw dan ddaear mewn twneli dubitsh ac yn cysgu efo mandrel o dan dy ben. Fasai Mam a Nhad byth yn credu.' Plannodd ei gaib yn ffyrnig i'r eira pyglyd cyn stopio drachefn. 'A dwi ddim am iddyn nhw wybod chwaith.' Fflachiodd ei lygaid ei daerineb. 'Mae eisiau i rheina,' ystumiodd ei ben i gyfeiriad daeargell glyd y swyddogion, 'gysgu mewn twll llawn cachu a biswail a mwd, cyrff ceffylau'n pydru a llygod mawr, a gweld sut maen nhw'n ei lecio fo,' gorffennodd. Taflodd ei raw'n filain i'r pridd. 'Maen nhw'n disgwyl i ni ufuddhau'n ddigwestiwn i bob gorchymyn, a gwae ni os ydan ni'n meiddio gwrthod. Pypedau ydan ni, yn y blydi theatr 'ma.' Poerodd y geiriau olaf i'r oerni. 'A rŵan y blydi eira 'ma!' Suddodd i'r llawr wedi'i lethu.

Agorodd Byrti ei lygaid yn fawr, wedi'i synnu gan y ffrwydrad geiriol annisgwyl, ond cadwodd yn dawel a gwthio'i raw drachefn i'r soeg afiach. Parhaodd y ddau i weithio'n ddiwyd am weddill y bore, yn codi rhawiad ar ôl rhawiad o bridd trwm o'r twll dyfrllyd. Roedd eu hymryson ffraeth yn tynnu sylw'r naill a'r llall oddi ar ddiflastod eu tasg ond tawelodd jôcs Gruff toc a doedd e ddim hyd yn oed yn ffansïo smôc gyda'i baned ddiwedd y bore, gan roi ei sigarét i Byrti. Gwisgai Gruff gôt Byrti dros ei gôt ei hun erbyn hynny a swatai dan dorlan y ffos yn rhynnu. Taflodd Byrti gipolwg ar ei bartner swrth bob yn hyn a hyn ac erbyn iddo gael sgwrs â'r sarjant roedd gan Gruff dwymyn, gwayw yn ei gyhyrau a'i ben a chryndod drwy'i gorff. Cynhaliodd Byrti a Stanley eu cyfaill gydol yr hanner milltir i'r Dressing Station drwy'r storm eira. Gwisgai Gruff dair côt a blanced erbyn hynny a baglodd sawl gwaith gan nad oedd yn medru agor ei lygaid. Roedd ei gyflwr yn gwaethygu bob munud.

'Fydd dim rhaid i Gruff gysgu mewn ffos heno, o leia.' Ceisiodd Stanley godi calon Byrti wrth iddyn nhw ymbalfalu'n ôl tua'r ddaeargell dila ble bydden nhw ar wyliadwraeth drwy'r nos.

Wnaeth Gruff ddim dychwelyd atyn nhw y noson wedyn chwaith, na'r noson ar ôl hynny. Bu Gruff yn y Dressing Station am dridiau yn orweiddiog a llonydd. Fu dim newid nes i frech biws fel mwyar ymddangos dros ei ddwylo. Doedd e ddim yn adnabod neb erbyn iddyn nhw'i gludo ymaith ar drol at orsaf y trên ac ymlaen i Ysbyty Calais.

Dim ond Stanley, Albie ac yntau oedd ar ôl bellach. Tro pwy fyddai hi nesaf?

* * *

Safai Mrs Parry, Bryn House, ynghanol y palmant a chynnwys ei basged siopa ar y llawr o'i chwmpas fel sbwriel. Gwasgai ddarn o bapur yn dynn yn ei dwrn.

'Mrs Parry bach, ydach chi wedi brifo? Dewch i bwyso ar y wal yn y fan'ma. Mi goda i'r negas.' Caniataodd y wraig i Florrie ei harwain at y wal isel oedd o flaen siop Puw'r fferyllydd. 'Dyna chi. Mae dau o'r wyau wedi torri a tholc bach yn y dorth ond mae'r cwdyn te yn gyfan.' Chafodd Florrie ddim ymateb gan Mrs Parry, a syllai yn wag heibio iddi i'r pellter. 'Dewch. Mi gerddwn ni adra ein dwy. Pwyswch ar fy mraich i ac mi garia inna'r fasged.' Fel rhywun mewn breuddwyd, cerddodd Mrs Parry ar fraich Florrie at ddrws ei thŷ ym mhen draw'r stryd. 'Dewch â'r goriad i mi. Mi wna i banad i chi, a fyddwch chi ddim yr un un wedyn.'

Yng nghegin Bryn House prysurodd Florrie i ferwi'r tegell ar ôl gosod y wraig mewn cadair wrth y bwrdd. Byddai ei mam yn gwybod beth i'w wneud, meddyliodd Florrie, ond allai hi ddim gadael y ddynes druan ar ei phen ei hun heb wybod ei bod hi'n mynd i fod yn iawn. Doedd hi ddim yn ymddangos yn wael ond doedd dim pwt o liw yn ei gruddiau ac roedd ei gwefusau, hyd yn oed, yn glaerwyn.

Wrth dywallt y baned, golchodd ton o chwys oer dros Florrie a syllodd gydag arswyd ar y papur gwyn yn dynn yn llaw ei chymdoges.

'Ga' i weld hwnna?' gofynnodd yn dyner. Estynnodd amdano, ac wedi iddi lwyddo i'w ryddhau o fysedd Mrs Parry, agorodd Florrie y papur. Rhewodd ei gwaed.

'... deeply regret that Pte. Alun Parry, 15th RWF was posted missing on March 12th. Secretary, War Office.'

Gollyngodd Florrie'r papur a rhedeg drwy'r drws ac allan i'r stryd. Pwysodd ar wal y tŷ ac anadlodd lond ei hysgyfaint o awyr iach.

Y ddiweddarach y prynhawn hwnnw, swatiai Florrie yn ddwfn yn ei chuddfan hi a Byrti yn y twyni tywod ym mhen draw'r Prom. Roedd ei thu mewn hi'n oer er bod ei siôl yn dynn am ei breichiau a haul mis Ebrill yn gynnes ar ei chroen. Gwawdiai'r gwylanod hi â'u mewian cwynfannus.

'Caewch eich cegau!' Taflodd gragen tuag atynt ond chwipiodd y gwynt honno'n ôl a'i tharo'n ei thalcen. Sgrechiodd ei rhwystredigaeth ar yr adar a gylchai'n faleisus uwch ei phen. Fu dim gair oddi wrth Byrti ers mis. Arferai ysgrifennu'n ddi-ffael ati bob pythefnos. Hwyrach nad oedd o'n ei charu bellach. Efallai ei fod o wedi mynd yn ôl i'r Sowth at ei deulu. Neu ei fod o wedi'i glwyfo ac mewn ysbyty yn rhywle. Neu ... Gwasgodd y posibilrwydd erchyll olaf o'i phen.

Pennod 11

Byrti – Mawrth / Ebrill 1917

Maen nhw'n cerdded law yn llaw ar hyd rhodfa lydan. Ar y dde mae rhes o balasau marmor llachar ac ar y chwith ymchwydda'r môr yn dawel. Edrych y naill i fyw llygad y llall. O dan eu traed mae carped o flodau amryliw yn ymestyn yn llyfn o'u blaenau, hyd dragwyddoldeb. Mae'r ffrog werdd ysgafn sydd amdani yn gorffwys yn feddal dros blygiadau'i chorff. Teimla ei galon yn morthwylio'n ffyrnig o dan ei iwnifform. Mae ei falchder o'i chael yn wraig iddo yn golchi dros bob modfedd ohono fel ton o ddŵr cynnes ac mae'n feddw braf gan sawr y blodau. Pletha ei freichiau am ei gwddw claerwyn a chloi ei wefusau am ei cheg laith. Mae ei bronnau'n llenwi ei ddwy law yn berffaith. Mae'n ei hyfed; yn ei sugno i mewn iddo'i hun gyda'i lygaid, ei geg, ei glustiau, ei drwyn ...

Ond mae ei drwyn a'i ben yn brifo, brifo a daw'r presennol yn ddigymell i'w ddihuno ...

Agorodd Byrti ei lygaid i weld llygoden Ffrengig fawr, ffyrnig yn hamddenol gnoi twll ym mhont ei drwyn. Neidiodd ar ei draed a theimlo am yr erfyn agosaf heb dynnu'i lygaid oddi ar y creadur mileinig oedd bellach yn ffoi am ei bywyd drwy laid meddal y ffos. Chafodd hi ddim amser i fyfyrio dros flas cnawd y Cymro gan i ergyd farwol â chefn rhaw ei chwalu cyn i Byrti ei thaflu dros yr ymyl i dir neb.

Baglodd yn ddall drwy'r tywyllwch a'r baw at ddaeardy

a gloddiwyd yn norlan y ffos. Plygodd ei ben dan styllod pren amrwd to'r gell. Pistylliai ffrwd o waed o'r archoll ar ei drwyn a phrin roedd e'n medru siarad i gyfleu ei neges i sarjant Cwmni C. Llwyddodd, fodd bynnag, i fachu ar gyfle prin i edrych o gwmpas y ddaeargell: ar y bwrdd a'r cadeiriau pren, y stôf fechan, sosban, cwpanau tseina, cyllyll, ffyrc a llwyau arian; llyfrau ar bwt o silff, lamp fechan a hyd yn oed set gwyddbwyll a gramoffon. Dim ond ystafell gyntaf y ddaeargell oedd hon. Yn ei phen draw, gwyddai Byrti fod labyrinth o ystafelloedd ymhellach dan ddaear. Edrychai'r olygfa o'i flaen yn gysurus, a doedd dim cymhariaeth rhyngddi a'r hofel leidiog yr oedd e newydd ddihuno ynddi hi.

'Well i ti bicio i'r Dressing Station. Fanno fydd y Medic,' cyfarthodd y sarjant yn ddiamynedd cyn troi yn ôl at y Lefftenant nad oedd hyd yn oed wedi codi'i lygaid oddi ar y map y rhythai arno. 'Paid â bod yn hir.' Trodd Byrti ymaith, yr anghyfiawnder yn cnoi yn ei galon.

Roedd y boen yn ei drwyn bellach fel bidog poeth yn gwthio ymhell drwy'i ffroenau i eithafion ei benglog. Diolchodd nad oedd y Dressing Station fawr mwy na dau gan llath i ffwrdd. Doedd hi ddim wedi goleuo'n iawn, ac roedd yr awyr drom yr un lliw â phalmentydd gwlyb strydoedd gaeafol y Rhyl. Tybed beth oedd hanes Florrie a'r ddau fach ar yr awr annaearol hon?

Byddai Eric a'i ddau gefnder ar eu traed, mae'n debyg, yn gwylio'u taid yn eillio yn y gegin gefn. Mynnai Ned ddefnyddio drych hynafol ar gyfer y ddefod foreol hon – darn o wydr â smotiau brown dros ei wyneb arian a bwysai'n sigledig yn erbyn ffrâm ffenest y gegin gefn. Câi'r tri bachgen drochion sebon dros eu hwynebau a byddent yn chwerthin wrth i'r brws gosi'u croen, ond gyda'u bysedd y bydden nhw'n gorfod ymarfer eillio. Cadwai Ned ei rasel a'i gwpan siafio ar silff uchaf y stafell, rhag ofn. Gwenodd Byrti wrth gofio iddo deimlo'n ddigon chwithig y tro cyntaf i'r triawd ei wylio'n siafio, gan wthio'u hwynebau gloywon ymlaen am drochion o'i frws.

Roedd hon yn arfer bod yn ffordd braf, sylweddolodd Byrti wrth gerdded o dan freichiau llosg gweddillion coed poplys oedd yn ymestyn yn gryd-cymalog tua'r awyr. Tu hwnt i'r gamlas gwelai felin wynt a charpiau ei hwyliau'n hongian yn ddiffrwyth. Tybed i ble y ffôdd y melinydd a'i deulu? I ddiogelwch pellafoedd Ffrainc efallai. Roedd cartrefi, siopau a gweithdai pobl Fflandrys bellach yn rhan o faes y gad. Brwydrai Byrti a'i debyg yng ngerddi pobl; stelciai sneipars yn llofftydd teuluoedd diflanedig a meddiannai swyddogion weddillion ceginau a pharlyrau i'w troi'n bencadlysoedd. Diolchodd Byrti'n dawel am gynnyrch y gerddi ac ymylon y caeau. Roedd moronen, winwnsyn neu daten neu ddwy yn ychwanegiad amheuthun i'r fwydlen ddyddiol ddigalon o duniau côrn bîff, bisgedi caled fel cerrig beddi a bara. Yn ddiweddar, doedd dim blawd wedi llwyddo i gyrraedd y Ffrynt a bu'n rhaid chwalu erfin sychion yn flawd er mwyn pobi rhyw fath o fara afiach. Pur anaml y caent gig chwaith. Fel y datblygodd y rhyfel, dirywiodd safon bwyd y Ffrynt. Diolchai'r milwyr am ambell dun o stiw Maconachie. Er mai talpiau bach duon anhysbys a nofiai yn y gwlych, o leiaf roedd rhyw flas arno a atgoffai'r bechgyn o'u synhwyrau arogli a blasu.

'Allan o'r ffordd!' Daeth gwaedd o rybudd o'r tu cefn iddo a rholiodd dwy drol heibio ar eu holwynion haearn. Tasgodd llaid gwlyb yn rhaeadrau drewllyd o'u holau ac ochrgamodd Byrti'n ddeheuig tuag ymyl y ffordd. Dau asyn blinedig oedd yn tynnu'r cerbyd cyntaf a milwr yn dal yr awenau. Bocsys pren hirion fel eirch oedd y llwyth, yn llawn drylliau a chetris, mwy na thebyg. Pam na ddeuai wagen heibio ambell dro yn cludo tatws a phys a chywion ieir a bresych a phwdin reis a chacennau afal a chaws ac wyau a bara gwyn? Arhosodd Byrti o'r neilltu nes i'r ail drol basio, ei drwyn yn synhwyro beth fyddai ei llwyth cyn iddi ei gyrraedd. Gweddillion dynion wedi'u gosod yn rhesi, eu pennau'n rholio'n llipa a'u traed yn hongian dros ymyl agored y cefn. Taflwyd rhawiau ar y domen celanedd. Tybiai fod ynddi ugain corff yn cael eu cludo ar eu taith olaf. Albie Cleaver! Y bachgen llawen o Lyn Ebwy a ymrestrodd fis ar ôl Edwin a Byrti ac a fu fel brawd iddyn nhw. Llyncodd Byrti ei boer a morthwyliodd y gwayw yn ei drwyn yn gyflymach. Adnabu Byrti ei fop o wallt coch fel ffagl ynghanol y goelcerth ddynol. Heblaw am y gwallt byddai wedi bod yn amhosibl ei adnabod – dim ond talcen a thrwyn oedd ar ôl o'i wyneb. Gwyddai Byrti fod taflu'r meirw i dyllau siels, eu gorchuddio â phridd, swrwd dynion a cheffylau, a marcio man gorwedd bob corff â chroes bren, yn llai o drafferth na thorri beddi unigol. Mewn lle felly fyddai Albie hyd tragwyddoldeb, ond o leiaf câi fedd.

Teimlai Byrti'n falch ei bod, am unwaith, yn fore sych er bod olion glaw trwm y dyddiau blaenorol wedi gwneud y tir corsiog yn fwy soeglyd o dan draed. Chymerodd neb sylw ohono ar y ffordd – onid oedd cannoedd o filwyr yn dadebru ar ôl noson anesmwyth o gwsg, yn paratoi, yn cynllunio, yn gweddïo'n ddistaw? Wrth edrych drwy ei fysedd gwaedlyd a chan gadw'r gamlas a ddisgleiriai'n ddwl yng ngolau llwydlas y wawr ar ei ochr dde, cyrhaeddodd y Dressing Station. Uwch ei ben, siai awyrennau ar eu hadennydd brau yn gwylio, gwylio fel hebogiaid.

Roedd y gwaed yn dal i bwmpio o'r clwyf ar ei drwyn gan lenwi'r ail glwt a osodwyd arno gan filwr mewn ffedog a fu unwaith yn wen. Astudiodd Byrti'r staen coch tywyll a ymledai dros ei grys.

'Dydan ni ddim yn rhy brysur ar hyn o bryd felly mi gei di orwedd nes bydd y gwaed yn dechrau ceulo. Cofia, os gawn ni achosion newydd, mi fyddan ni angen y gwely.' Amneidiodd tua'r drws â'i fawd i bwysleisio mai arhosiad byr fyddai un Byrti. Cafodd bigiad o forffin i leddfu'r boen a bu i'w effaith lapio amdano fel gwely plu.

Gorweddodd yn ei grys ar y gwely cynfas isel oedd yn gwichian fel mochyn bob tro y symudai i geisio lle mwy cyffforddus. Cododd ei law at ei wyneb a theimlo'r rhwymyn anferth a orchuddiai hanner ei wyneb. Cawsai joch hael o eiodin yn y briw a thri phwyth i dynnu ochrau rhwygiedig pont ei drwyn at ei gilydd. Diawl o job yw rhwymo trwyn, yn ôl y meddyg. Diolchodd Byrti'n ddistaw bach am ymosodiad y llygoden fawr. Byddai e byw am ddiwrnod arall o leiaf.

Gosododd Byrti un llaw o dan ei ben ond treiddiai drymio rhythmig y boen yn ei drwyn fel gwefr drydan drwy ei law ac i lawr ei fraich. Edrychodd o'i gwmpas, a sylweddolodd gyda braw nad oedd ei anniddigrwydd na'i wayw ei hun yn ddim o'i gymharu ag ing cleifion eraill y Dressing Station. Am y tro cyntaf ers iddo gerdded i'r cwt cymorth cyntaf edrychodd yn ofalus ar y trueiniaid o'i gwmpas. Dieithriaid oedden nhw, diolch i'r drefn. Neb o'i fataliwn e, hyd y gwelai. Byddai Byrti, erbyn iddi nosi, yn ôl yn cuddio yng nghornel ffos lysnafeddog, afiach, ei ddryll a'i fidog yn ei gesail, ond welai yr un o'r lleill a riddfanai yn uffern eu clwyfau yr un yfory. Petai gobaith o achub eu bywydau, byddent wedi eu trosglwyddo i'r Advanced Dressing Station agosaf at y llawfeddygon deheuig a gofal nyrsio mwy effeithiol. Doedd neb yn poeni fod llygoden fawr wedi cnoi talp o'i drwyn. Doedd neb chwaith yn sôn am y clefydau erchyll a allai ddeillio o gnoad o'r fath.

Wythnos ar ôl i Gruff druan fynd i'r ysbyty, daeth y newydd iddo farw o dwymyn brathiad llygoden fawr. Rhybuddiwyd pob milwr arall i fod yn wyliadwrus. Ond chafodd Gruff mo'i gnoi gan lygoden fawr, ystyriodd Byrti, dim ond byw mewn ffos yn llawn ohonyn nhw. Onid oedd poer llygoden fawr wedi cymysgu â'i waed yntau lai na theirawr ynghynt? Efallai fod y gwenwyn wedi cyrraedd ei ben a'i fod eisoes yn pydru ei ymennydd.

Beth am y Pla, meddyliodd wedyn? Cyflymodd ei galon mewn ymateb i'r bygythiad newydd. Cododd ei law at y rhwymyn dros ei drwyn. Roedd o'n dal i gofio Edwin ac yntau'n ofnus wrth wrando ar Miss Whitson yn yr ysgol 'slawer dydd yn sôn am lygod mawr yn cario'r Pla Du ledled Ewrop, ac am bobl yn troi'n ddu ac yn marw mewn ffordd erchyll. A phan laddwyd Edwin, meddyliodd yn ffyrnig, llifodd ymennydd Edwin rhwng ei fysedd fel grifft.

Llanwyd y Dressing Station â gweiddi a chyffro gan ei ddihuno o'i synfyfyrion. Cariwyd bachgen ifanc i mewn â gwaed yn ffrydio'n syth i'r awyr o'i glun. Tarodd y gwaed nenfwd y babell a thasgu dros bennau'r rhai oedd yn ceisio'n ofer i rwymo'r clwyf.

Llusgodd Byrti ei feddwl oddi ar yr oernadu yn y gornel. Cofiodd am barablu ysgafn ei ferch fach a'r sgyrsiau diddorol y byddai e ac Eric yn eu cael am drenau. Roedd y crwt, fel yntau, wrth ei fodd yn mynd am dro i'r orsaf i weld y peiriannau trwm yn mynd a dod; y cerbydau'n dadlwytho ymwelwyr ac yn cael eu hail-lenwi drachefn. Bob tro y meddyliai am ei lysfab bach byddai'r syniad o Florrie yn cael ei handwyo yn ei chartref ei hun yn ei boenydio. Byddai wedi bod wrth ei fodd yn rhoi cweir i'r sglyfaeth Archie Edwards hwnnw am gymryd mantais arni. Petai'r cythraul brwnt yn dangos ei wyneb eto, dim ond cysgod y trafeiliwr bandejis diawl fyddai ar ôl. Chwythodd chwa o euogrwydd drosto am iddo, yn ddistaw bach, weld bai ar Florrie am gael babi anghyfreithlon pan gwrddodd â hi gyntaf, ac yntau'i hun yn fastard i ferch ddibriod. Doedd neb yn medru dewis ei rieni, na lle y cawsai ei fagu pe deuai i hynny. Unwaith roedd e'n ddigon hen, gadawsai Byrti ei deulu a'i ardal a dewis ei dynged a'i fywyd ei hun – dewis tref lân ag awyr iach lond ei ysgyfaint, dewis gwraig a phlant a theulu cariadus. Âi e fyth yn ôl i'r Cwm. Doedd ganddo ddim bwriad o dreulio gweddill ei oes ar ei fol mewn twneli tywyll, gwlybion. Ond, meddyliodd, onid dyna oedd e wedi bod yn ei wneud ers misoedd bellach? Addunedodd eilwaith nad mewn lle felly y byddai'n dewis byw pe cyrhaeddai'n ddiogel ben draw'r uffern tragwyddol hwn.

Teimlai'n gynnes a swrth. Caeodd ei lygaid a cheisio anwybyddu'r sgrechian o'i amgylch. Bu Edwin ac yntau ar dân eisiau ymuno â'r fyddin ers dechrau Awst 1914 pan gyhoeddwyd bod Prydain mewn rhyfel â'r Almaen. Gwyddai pawb y byddai'r rhyfel drosodd erbyn y Nadolig a gorau po gyntaf felly i Edwin ac yntau ymrestru er mwyn manteisio ar y cyfle i ddianc dramor a chael bod yn rhan o'r antur cyn iddi ddod i ben. Allai Byrti ddim dioddef gweld ei dad yn glafoerio dros ei wraig newydd, a honno'n ei ddwrdio am gario baw i'r tŷ ar ei esgidiau gwaith ac yn siarad ag ef fel pe bai'n grwt.

Y tro cyntaf iddyn nhw fentro ymuno â'r rhes hir o ddarpar-filwyr o flaen Neuadd y Dref, Casnewydd, i geisio cael eu derbyn, cafodd Edwin ac yntau eu troi ymaith yn syth. Gwrthodwyd y ddau am nad oedd yr un ohonynt yn cyrraedd y pum troedfedd a hanner o daldra angenrheidiol cyn cael bod yn filwr. Bychain oedd trigolion cymoedd y de – doedd dim digon o haul yn treiddio i waelod y cwm i'w hesgyrn fedru tyfu, eglurodd Miss Whitson un tro yn yr ysgol – ac wrth gamu'n benisel ar y trên tuag adref, sylweddolai Byrti ei bod wedi dweud y gwir. Roedd Edwin fodfedd yn brin ac er i Byrti ymestyn ei hun yn dal, dal, chyrhaeddodd e ddim ond pum troedfedd a thair modfedd ar bren mesur y swyddog. Chawson nhw fynd dim pellach, a bu'n rhaid iddyn nhw wynebu'r cynffon hir o ddynion a bechgyn oedd yn aros eu tro, yn benisel a'u hwynebau'n goch. Berwai'i waed wrth ailfyw siom y bore hwnnw. Onid oedd Lloyd George ei hun wedi dweud ei fod yn dymuno gweld byddin o Gymry ar faes y gad? Ac anogodd David

Watts Morgan A.S. holl lowyr cymoedd y de i ymrestru yn y gatrawd Gymreig newydd. Sawl tro yn ystod wythnosau cyntaf y Rhyfel y syllodd Byrti ac Edwin yn edmygus ar boster gyda'r geiriau 'I'r Fyddin fechgyn Gwalia! Cas gŵr nid cas ganddo elyn ei wlad' ar fap o Gymru, yn cymell pob un i fod yn arwr? Roedd Edwin ac yntau'n ddigon hen. Onid oeddent hwythau hefyd yn ddynion?

Ond fel y digwyddodd pethau, bu i'r Fyddin Brydeinig, a ddibynnai bron yn llwyr ar wirfoddolwyr dibrofiad, golli miloedd lawer o'i milwyr o fewn pedwar mis cyntaf y rhyfel. Doedd dim rhyfedd fod y papurau newydd yn cyfeirio ato fel y Rhyfel Mawr, myfyriodd Byrti. Fu'r awdurdodau ddim yn hir wedyn cyn dechrau derbyn dynion byrrach ac o fewn pythefnos roedd Edwin ac yntau wedi ymrestru yn y Gatrawd Gymreig a derbyn swllt y brenin. Siaradodd yr un o'r ddau ar y daith drên adref. Bydden nhw'n trechu'r Almaenwyr ac ni fyddai lle ar eu siacedi i'r holl fedalau y bydden nhw'n eu hennill ill dau. Chwyddodd eu calonnau fel peli rygbi.

Agorodd Byrti ei lygaid pan beidiodd sgrechiadau dirdynnol y milwr. Gorchuddiwyd y corff â blanced lwyd, a sglefriai'r tîm meddygol yn y pyllau o waed gludiog wrth smocio a chlirio. Roedd eu gwalltiau a'u hwynebau'n goch a'u ffedogau'n fudr.

Yn hytrach na myfyrio ymhellach ar freuder bywyd ceisiodd Byrti ddwyn i'w gof stori a adroddodd Florrie wrtho wrth iddyn nhw swatio yn eu gwely plu un noson. Ymestynnodd ei goesau a chau ei lygaid a'i glustiau unwaith yn rhagor ar yr arswyd â'i amgylchynai. Suai llais Florrie yn ei ben.

'Deg oed oeddwn i, a doedd 'na ddim ysgol i neb y pnawn hwnnw, gan ei fod o'n achlysur mor arbennig. Roedd un trên llawn o weithwyr a phebyll wedi cyrraedd ers dros wythnos a chae eang a gwersyll wedi ei baratoi i'r perfformwyr – ond y diwrnod hwnnw roedd y sioe ei hun yn cyrraedd. Erbyn dau o'r gloch roedd ymyl pob pafin rhwng y stesion a'r caeau ger y Marine Lake yn llawn o bobol a phlant. Roedd hyd yn oed Nain a Taid Merllyn yno – a Nain fel brenhines yn eistedd mewn cadair oedd wedi ei chario iddi o'r tŷ, a chlustog melfed dan ei phenelin i gynnal ei hochor ddiffrwyth. Safai Taid fel delw'n dal parasol sidan du uwch ei phen i'w chysgodi rhag yr haul. "Haul gwanwyn, gwenwyn," meddai Nain bob amser. A dweud y gwir, roedd pawb wedi dechrau syrffedu ar ôl aros awr. Ro'n i'n gallu clywed cloc eglwys Sant Tomos yn taro bob chwarter awr ac roedd hi wedi tri erbyn hynny. Ffrwydrai swigod bach o gyffro yn fy stumog. Cyrhaeddodd 'Nhad a Rathbone o'r iard goed toc, wedi cael gorffen yn gynnar, a dwi'n cofio'r oglau llwch lli cartrefol ar groen a dillad 'Nhad pan blygodd i roi coflaid i mi fel y gwnâi bob tro y dychwelai o'r gwaith. Cosodd ei fwstash fy moch wrth iddo sibrwd yn fy nghlust, "Wel, Florrie, be' ti'n 'i feddwl o hyn 'ta? Welaist ti erioed gymaint o bobol ar y stryd? Mae hi fel Diwrnod Campau ers talwm. Dd'wedais i wrthat ti am Ddiwrnod Campau y Rhyl bob Haf?" Mi oedd honno'n un o straeon uchel 'Nhad, ond doedd dim amser i'w hadrodd. Mi welwn Llywelyn ac Alff – dau hogyn oedd yn yr Ysgol Sul efo fi – yn rhuthro i lawr Stryd Wellington, eu llygaid fel soseri a'u hwynebau'n sgleinio â chwys. Roedd y syrcas bron â chyrraedd. Trodd fy llais yn wich denau wrth i mi ofyn iddyn nhw a welson nhw O.

'Doedden nhw ddim, ond roedden nhw wedi gweld gwartheg efo petha hir, hir yn sownd yn eu clustia' nhw, fel polion lamp yn ôl Alff. Ac ym marn Llywelyn roedd y coleri ffwr am yddfau'r bustych mawr, mawr, du yr un fath â'r peth crand a wisgai Miss Maria, Vale View, i fynd i'r capel.

'Ffraeo fu'r ddau wedyn, eu lleisiau'n codi ar draws ei gilydd fel nythfa o frain yng Nghoed Rhydorddwy Fawr. "Byffalŵ ydyn nhw!" bloeddiodd Alff. Roedd o am atgoffa Llywelyn bod Mr Richards yn rysgol wedi siarad am 'fyffalŵ' yn crwydro 'Mericia, a'r Injyns ar eu holau nhw ac yn eu bwyta nhw a ballu. Mi driodd o esbonio i Taid Merllyn nad oedd 'na siopau bwtsiar pan oedd yr Injyns yn crwydro'r paith.

'Dim ond pan ddywedodd Rathbone wrth yr hogiau bod yr orymdaith ar ei ffordd y caeodd y ddau eu cegau a stwffio i flaen y bobol i weld yn well. Daliodd y dorf ei gwynt.

'Wel, mi oedd yno gowbois yn troelli rhaffau'n gylchoedd uwch eu pennau wrth farchogaeth ceffylau. Dwsinau ohonyn nhw, a'u cyfrwyau lledr yn sgleinio fel concyrs, fel y disgrifiodd Llywelyn. Cododd un ei het a wincio arna i wrth basio. Doedd dim posib i mi glywed fy hun yn meddwl ynghanol chwibanu a bonllefau'r dyrfa. Brefai'r byffalo wrth gael eu hebrwng gan y cowbois ac atseiniai drymio carnau'r ceffylau yn erbyn waliau'r adeiladau uchel o boptu'r stryd. Gollyngwyd baw drewllyd o ben-olau'r anifeiliaid wrth iddyn nhw basio – mi oedd yna domenni ohono'n stemio'n yr haul, a'i arogl myglyd yn llenwi fy ffroenau. Gwelais 'Nhad yn rhoi pwt bach i Mam. Roedd y ddau wedi dod i ddealltwriaeth ynglŷn â rhywbeth yn ôl pob golwg.

'Yna daeth stagecoach go iawn, yn rhowlio'n araf ar olwynion anferth ac Annie Oakley'n sefyll mewn sgert ledr wrth ochr y gyrrwr. Gollyngai ergyd o'i reiffl hir yn uchel i'r awyr bob ychydig o eiliadau a chleciai garrai esgid o chwip ledr nes codi cymlau o lwch o'r ffordd a dychryn plant bach yn y gynulleidfa. Yn y cerbyd, eisteddai merched crand mewn ffrogiau sidan lliwgar a bonet yn fframio wyneb pob un ohonyn nhw. Ro'n i wrth fy modd yn eu gwylio nhw'n chwifio hancesi lês gwynion drwy'r ffenestri, a chwifiais inna'n ôl yn swil. Welais i erioed neb wedi'u gwisgo mor ddel. Dyna pryd y penderfynais i y byddwn i'n cael ffrog orau, un sidan, rhyw ddiwrnod fel y merched crand rheiny o 'Mericia.

"'Wagons Roll!" gwaeddodd y cowbois – a "Wagons Roll" adleisiodd y dorf. O'r diwedd, Dyma FO yn dod i'r golwg ar gefn march gwyn; ei wallt euraid yn disgyn yn donnau at ei 'sgwyddau a'i farf wedi'i eillio'n bigfain. Mi sylwais fod y dorf i gyd wedi tawelu wrth ddod wyneb yn wyneb â'r fath dduwioldeb. Gorweddai côt ledr yn llyfn dros ei gorff a gorffwysai'r ffrinj oedd ar ei lewys yn sidanaidd ar ei gluniau. Roedd o'n dal awenau'r ceffyl mor hyderus yn ei fenig meddal. Mi sylwais ar rywbeth yn sgleinio yn yr haul – carn dryll myddyr-of-pyrl symudliw oedd o. Doeddwn i erioed wedi gweld dryll cyn hynny! Anghofia i byth 'mo'r profiad. William F. Cody ei hun, reit o 'mlaen i!

'Mi fuon ni'n sefyll ar y palmant am gryn awr arall yn gwylio acrobatiaid yn taflu eu hunain din-dros-ben wrth redeg i lawr y stryd, a llwyth o Indiaid Cochion yn cael eu harwain gan bennaeth balch yn gwisgo penwisg enfawr o blu fel aderyn lliwgar. Ond wnaeth dim arall yn ystod y pnawn rhyfeddol hwnnw gymharu â chael gweld Buffalo Bill ei hun yn cyflwyno trigolion y Rhyl i'w Wild West Show.

'Ochneidiodd Nain yn ddiolchgar wedi i'r olaf o'r orymdaith ein pasio, ac mi biciodd 'Nhad yn syth yn ôl i'r stryd gyda rhaw dân a bwced glo i gasglu baw'r ceffylau. Y feri peth i'w riwbob, medda fo.'

'Deffra! Nid y Ritz ydy fama. Cwyd. 'Dan ni angen y gwely!' Pylodd llais Florrie, ac ysgydwodd Byrti'r fraich a oedd wedi cyffio dan ei ben poenus. Cododd o'r gwely cynfas. Gyda'i ben mewn bandej o gadach wedi'i rwymo'n gris-croes dros ei drwyn, a'r pwythau'n tynnu'n boenus, teimlai Byrti fel mymi o'r Aifft. Suddodd ei galon wrth iddo gymharu'r gofal a gawsai'r cyrff hynny 'slawer dydd â'r gladdedigaeth ddi-ddim a gawsai'r milwyr druan a welsai ar y drol.

Fel y cyrhaeddodd ddrws y babell hir, llusgwyd Lefftenant Walker o gatrawd y Second Rhondda i mewn â chyffion am ei draed. Sgrechiai'n groch mewn cymysgedd o Gymraeg a Saesneg:

'Gollyngwch fi'r bastards. Let me go. Fi ydy'r senior officer yn y shit-hole yma.' Chymrodd y ddau breifat oedd yn ei hebrwng ddim sylw o'i fytheirio dwl, dim ond ei daflu'n ddiseremoni ar y gwely roedd Byrti newydd godi oddi arno. Arhosodd Byrti wrth y drws i wylio.

Diferai gwaed gludiog o stwmp o dan ysgwydd y swyddog lle arferai ei fraich fod a chafodd Byrti fraw pan sylwodd ar glwyf ffiaidd ar ochr ei ben lle fyddai ei glust wedi bod. Pe bai'r swyddog yn dal i gynhyrfu a bloeddio byddai'n siŵr o waedu i farwolaeth, ond deallodd Byrti nad oedd y meddygon, am ryw reswm, am adael i hwn farw. Cyffiwyd Walker yn dynn i ffrâm y gwely ac aeth y staff ati i achub ei fywyd.

'Beth ddigwyddodd?' holodd Byrti'r ddau breifet a gariodd Walker i'r babell. Roedd golwg wedi'u brawychu arnyn nhw. Setlodd y tri am sgwrs ar drol bren ag arni arwydd y groes goch.

'Walker druan.' Ysgydwodd un ei ben mewn ystum o anobaith.

'Pam?' holodd Byrti. Byddai'r stori hon yn werth sawl ffafr gan ei gyd-filwyr pe bai'n ei chael i gyd. Cynigiodd smôc i'r ddau.

'Mi oedd Walker yng nghanol ymosodiad gynnau mawr am bump y bore 'ma. Bu gyda sgwad o ddeuddeg yn gwrando ym mhen draw'r Sap. Lladdwyd y lleill i gyd a chollodd Walker ei fraich pan sleisiwyd hi i ffwrdd gan lafn o shrapnel. Yn ei fraw, ceisiodd Walker ei ladd ei hun efo'i bistol. Allai o ddim meddwl byw heb ei fraich dde. Artist ydy o, o Gaerffili,' ychwanegodd gan droi'r sigarét rhwng bys a bawd. 'Sut allai o ennill bywoliaeth a chadw'i hunan barch heb ei law dde?'

'Felly pam ei fod e'n garcharor?' Doedd Byrti ddim yn ddeall.

'Be' wyt ti? Twp?' Pwniodd y milwr ochr ei ben â'i fys sawl gwaith gan awgrymu nad oedd Byrti'n hollol gall.

'Sbia arno fo, Tom,' gorchmynnodd y llall. 'Chwarae teg. Gest ti forffin bore 'ma?' Nodiodd Byrti. Rhwng y bandej a sylwadau'r milwr, roedd o'n teimlo'n rêl ffŵl. 'Tria'i gweld hi, byt. Mae Walker wedi brifo, felly roedd o'n meddwl y byddai'n well petai o'n lladd ei hun. Ond be' wnaeth o mewn gwirionedd oedd saethu'i blydi glust i ffwrdd am 'i fod o'n anelu efo'i law chwith.' Chwifiodd y milwr ei freichiau i egluro'r stori.

'O. Wela i. Diolch bois.' Cerddodd Byrti ymaith yn ei fandej gwirion, ond doedd e fawr callach ynglŷn â'r stori am Walker. Bu'n bwrw rhagor, sylwodd, yn ysod y teirawr y bu'n gorweddian ynghanol arogleuon eiodin ac antiseptig, a rhyfeddodd hefyd pa mor sydyn y bu iddo anghofio drewdod aflan y ffosydd. Cerddodd yn ofalus ar hyd y llwybr cleiog, dyfrllyd, fel petai'n cerdded drwy gors o driog du.

Chafodd e ddim cyfle i feddwl mwy am Walker nes iddo fod ar ddyletswydd gwarchod ffos y noson honno. Gwawriodd ar Byrti bryd hynny pam fod Walker yn sgrechian fel pe bai ellyllon y Fall ar ei ôl wrth gael ei rwymo i'r gwely. Châi e ddim marw oherwydd bod y postyn y tu allan i Neuadd y Dref yn Poperinge yn aros amdano wedi i'w glwyfau fendio. Saethid pob llwfrgi, yn ddiwahân.

Pennod 12

Haf 1917

Cylchodd Alfred lasŵ hir o gwmpas ei ben a'i fachu am wddw crebachlyd Annie. Tynhaodd y rhaff a gwelodd Byrti dafod du-las ei lysfam yn ymwthio drwy'i cheg, ei llygaid fel peli plwm. Sylwodd ar Gruff yn cracio clamp o chwip o ben stagecoach hardd, a marchogai Edwin asyn glan y môr yn nillad Buffalo Bill. Un llygad oedd ganddo ac roedd y twll gwag yn gwaedu dros y mul ac yn llenwi'r clychau am ei ffrwyn fel na allent ganu mwyach. Ymwthiai dwy aden fawr o fetel rhydlyd o ysgwyddau Seimon a charlamai drwy fwg coedwig losg yn saethu fel gwallgofddyn, yn bloeddio 'Angel Angau!' Llusgodd Seimon yn ei flaen drwy fwd trwchus a phlygu i ddadorchuddio wyneb drylliedig Florrie o fedd lleidiog. Stribedi rhacslyd oedd ar ôl o'i ffrog sidan werdd a gwingai cynrhon dros ei chnawd. Ymddangosodd pyped o ffos ddrewllyd. Cariai Punch fabi yn ei freichiau. 'That's the way to do it!' Ac o geg haearn gwn peiriant ymwthiodd y crocodeil ac agor ei safn anferth i lyncu'r babi – ond nid babi Punch mohono ond Maudie fach. 'That's the way to do it!' gwawdiai Punch a Seimon ac Edwin yn un côr ansoniarus wrth blygu'n nes ac yn nes ato.

Dihunodd Byrti a'i gorff yn foddfa o chwys. Allai e weld na theimlo dim. Roedd y sŵn o'i gwmpas yn wahanol: griddfan tawel metel yn clindarddach a thraed ysgafn yn troedio llawr pren. Nid mewn ffos roedd e, yn sicr, a chadarnhâi glendid yr arogl hynny. Gallai deimlo ochrau gwely â'i ddwy fraich, felly nid ei wely e a Florrie oedd hwn. Doedd e erioed wedi ildio i'r hud a gynigiai genethod Madame? Chwysodd yn ei euogrwydd. Roedd ei feddwl yn bŵl, ei resymu'n ddryslyd, ei frest yn llosgi a'i anadl yn brin – ac am ryw reswm, allai e ddim agor ei lygaid. Cododd un fraich yn ofalus a theimlo cadach tyn ar draws hanner uchaf ei wyneb. Llosgai croen ei freichiau a'i wyneb fel petai'n gorwedd dan flanced o dân. Golchodd ofn drosto a churai ei galon yn drwm a phoenus. Mewn ysbyty roedd e, ond pam, a sut y cyrhaeddodd y fath le?

Ceisiodd adfer rhythm i'w anadlu wrth feddwl am Florrie a'r ddau fach ac am yr injan trên bach glas a brynodd i Eric ac a gadwai yn ei gitbag gyda'i eiddo personol a'i dun llythyrau. Tynhaodd ei gyhyrau. Ble ar y ddaear roedd e? Ble roedd ei bethau? Ei drysorau a'i luniau o'i wraig a'r plantos?

Cynhyrfodd, gan luchio'r dillad gwely'n ôl a thaflu'i goesau dros yr erchwyn. Disgynnodd i'r llawr fel swp o garpiau. Cydiodd breichiau amdano a'i godi'n ôl i'r gwely. Lapiwyd ei freichiau yn y cynfasau a'r flanced a'u gwthio'n dynn o dan y matres i'w diogelu.

'Dyna chi.' Llais merch.

'Ble rydw i?'

'Yn ysbyty Proven, ers deuddydd bellach. Rydyn ni'n falch o weld eich bod wedi deffro. Mi fyddwch chi'n ôl ar eich traed toc, ac unwaith y bydd eich llygaid wedi gorffwys a'r llosgiadau ar eich croen yn sychu, mi gewch chi fynd yn ôl i'r Ffrynt.'

'Ble mae pawb?'

'Maen nhw'n y Château erbyn hyn. Fyddwch chithau'n ymuno â nhw mewn diwrnod neu ddau.'

'Beth sy'n bod arna i? Llid brathiad llygod mawr?' Cofiai am Gruff, ei gur pen, dylni ei feddwl a'r frech oedd fel mwyar piws. Ceisiodd edrych ar ei ddwylo cyn cofio am ei lygaid caeëdig. 'Y Pla?'

Chwarddodd y nyrs. 'Dim byd o'r fath. Nwy mwstard– tydach chi ddim yn cofio?'

Wedi i'r nyrs ei adael, ceisiodd gofio. Deuai pytiau o atgofion yn ôl iddo'n raddol, nes iddo allu ailgreu'r darlun cyflawn.

Sgwad o dri ar ddeg ohonyn nhw oedd yno y noson honno, yn torri ffos fechan, neu Sap, o'r brif ffos heb fod yn bell o Pilckem er mwyn gosod gwifrau gwrando. Dechreuwyd ar y dasg fel y machludai'r haul dros orwel pinc, a thyrchodd y sgwad yn dawel a chyflym i greu'r ffos gul, fas, ar ongl sgwâr i'r brif ffos i gyfeiriad tir neb. Ar ôl cwblhau'r gwaith ac o dan gwfl y tywyllwch llithrai tîm o beirianwyr i ben eithaf y Sap i wrando ar yr hyn a oedd yn cael ei gynllunio gan y Boche ac i wthio bom hir o bibelli cymalog yn slei tuag at ffos y gelyn.

Yn gwbl ddirybudd trodd yr awyr yn felyn-wyrdd wrth i gwmwl o wenwyn lithro i'w cyfeiriad. Gafaelodd Byrti mewn ratl pren a orweddai ar ymyl y Sap er mwyn rhybuddio'r lleill am yr ymosodiad nwy. Roedd ei sŵn croch yn diasbedain yn fradwrus dros y ffosydd. Bustachodd Byrti i agor bocs ei fwgwd nwy gyda'i law arall. O leiaf roedd ganddyn nhw fygydau iawn erbyn hyn. Yn y gorffennol, byddai'n rhaid i'r milwyr biso ar ddarn o wlân cotwm a dal y cerpyn drewllyd o flaen eu ffroenau pe codai argyfwng nwy. Byddai'r amonia'n sugno peth o'r cemegau gwenwynig cyn iddyn nhw gyrraedd yr ysgyfaint. Yn ei wylltineb roedd yn fodiau i gyd, ac wrth stryffaglu â'r bocs a strap y mwgwd teimlai Byrti fflamau yn ei frest. Cododd ar ei draed a cheisio llusgo cyd-aelodau'r sgwad o'r Sap.

'Be' ti'n neud, Byrt? Gorwedd i lawr, wir Dduw. Mewn ffos, llifo drostan ni wneith y nwy.'

'Nage ddim. Dyna oedd pobol yn'i gredu, ond mae'r nwy mwstard newydd 'ma'n drymach nag aer, ac felly mae e'n suddo. Ry'n ni'n fwy tebygol o gael ein gwenwyno mewn ffos ... neu Sap. Cwyd, Walter!' Yn groes i'r hyn a dybiodd Byrti ar blatfform gorsaf y Rhyl, bu i Walter Davies ac yntau ailgyfarfod, ac roedd y ddau ar ddyletswydd torri Sap gyda'i gilydd. 'Ble mae dy fwgwd di, Walter?'

Gwyddai Byrti ei fod wedi cymryd llawer gormod o amser i ymbalfalu am ei fwgwd. Treuliodd funudau prin yn rhybuddio'r lleill gyda'r ratl, a bellach llosgai croen ei lwnc a'i fochau. Teimlai fel petai fflamau bychain yn llyfu ei lygaid. O'r diwedd, â'i fwgwd cynfas dros ei ben a'i ddau lygad y tu ôl i wydrau enfawr, trodd drachefn at Walter, nad oedd wedi symud. Eisteddai ar fin y ffos fas yn anadlu'r nwy aflan yn awchus drwy'i drwyn a'i geg. Tynnodd Byrti ym mraich Walter.

'Gad i mi fod. Wy'n moyn llonydd. Ti'n fyddar?' Cipiodd Walter ei fraich i ffwrdd yn ffyrnig, a chydag un symudiad sydyn, chwifiodd ei fwgwd yn uchel uwch ei ben a'i daflu i gyfeiriad ffos yr Almaenwyr. 'Beth yw'r ots am fwgwd dwl? Fydda i ddim angen mwgwd nwy ble rwy'n mynd.'

Sychodd tafod Byrti yn ei geg fel gwadn esgid grimp.

'I ble'r ei di felly?'

''Sdim ots 'da fi. I Oedfa'r Bore yn Seion efallai. Mae gyda fi adnod newydd. "Gwyn eu byd y tangnefeddwyr, canys hwy a elwir yn blant i Dduw." Doedd Mam ddim yn moyn i mi ddod yma'n y lle cyntaf. Byddai'n well ganddi hi tasen i wedi mynd i'r gwaith tun, a rhostio'n y ffwrneisi fan'ny. Neu falle y byddai'n well tasen i wedi marw.' Trodd Walter ar ei sawdl ac anelu am ffosydd y gelyn. Lluchiodd ei ddryll i gyfeiriad y milwyr cegrwth eraill. 'Sdim rhaid iddi fecso ble ydw i nawr!' gwaeddodd dros ei ysgwydd. Gwelodd Byrti y Sarjant yn codi ei wn a saethu Walter yn ei goes er mwyn ei arafu. Siglodd fymryn ar ei draed a baglu ymlaen.

Cofiodd Byrti wylio'r milwr yn ymlwybro'n igam-ogam dros dir neb heb gymryd dim sylw o'r gawod fwledi a ddisgynnai arno. Wrth i storm o ffos y gelyn ei fwrw, hyrddiodd Walter ei hun ymlaen gan lanio fel abwyd ar gylchoedd o weiren bigog rai llathenni i ffwrdd. Crogai yno'n sgrechian.

'Dewch, bois.' Roedd Byrti wedi troi ymaith a llusgo gweddill y sgwad drwy'r Sap tua diogelwch cymharol y brif ffos, a gadael Walter.

Hyd yn oed yn ei wely yn yr ysbyty clywai Byrti y milwr yn llefain ac yn gweiddi, ei oernadau yn y tywyllwch yn atseinio yn ei glustiau. Cofiodd glywed ergydion pellach o ffos yr Almaenwyr, a thawelodd yr udo erchyll. Yng ngolau'r lleuad, siglai corff Walter yn ei blyg dros y weiren fel mwydyn. Dyna'r peth olaf a gofiai Byrti. Ildiodd i gwsg, a suddodd drachefn i waredigaeth ei freuddwydion llachar.

* * *

Yn eu cegin yn y Rhyl, roedd Florrie, Rathbone ac Elin yn chwerthin. O'r diwedd, daethai'r postmon â llythyr ag arno stamp y fyddin. Cymaint oedd ei chyffro fel y llwyddodd Florrie i rwygo'r llythyr yn ogystal â'r amlen. Darllenodd y llythyr i'w mam a'i brawd gan ddal ymylon toredig y papur glas brau at ei gilydd:

Mehefin 1917

F'annwyl wraig,

Wnei di byth ddyfalu ble rydw i'n byw. Mewn castell! Nid hen gastell rhacslyd, tyllog fel Castell Rhuddlan ond un cyfan. Shatô maen nhw'n ei alw. Wrth gwrs, y swyddogion sy'n byw ynddo, a ninnau filwyr bach cyffredin mewn pebyll yn y caeau o'i gwmpas. Dyma Bencadlys y 38ain Rhaniad Cymreig erbyn hyn. Mae ymgyrch enfawr ar fin digwydd. Alla i ddim dweud mwy, ond da chi, darllenwch y papurau newydd dros yr wythnosau nesaf.

Mi gawson ni bryd blasus o frithyll braf neithiwr. Sut gawsoch chi bethau felly, mi'ch clywaf yn gofyn. Wel, cafodd Stanley syniad gwych, sef pysgota yn y llyn mawr sydd ar dir y castell. Doedd ganddon ni ddim gwialen na rhwyd felly fe daflon ni ddau neu dri grenêd i'r dŵr, ac er ein bod i gyd wedi cael ein gwlychu at ein crwyn pan ffrwydrodd y llyn, lluchiwyd dwsin neu fwy o bysgod i'r awyr. Mater hawdd wedyn oedd eu codi a'u cario yn ein capiau i'n pebyll. Erbyn i'r swyddogion ddod i fusnesu ac i holi am y ffrwydrad annisgwyl roedden ni i gyd wrth ein pebyll yn glanhau'n drylliau, yn ysgrifennu llythyrau neu'n pigo chwain o'n dillad. Wyddai neb ddim am unrhyw ffrwydrad, wrth gwrs! Roedd Stanley wedi cael gafael ar stôf bach i goginio'r pysgod arni yn rhywle, ac fe gawson ni daten neu ddwy o ardd y castell bob un hefyd ...

'Anti Florrie. Mae 'na rywun wrth y drws isio'ch gweld chi.' Rhedodd Ffranci a Georgie i'r gegin, ac Eric wrth eu cwt. Roedd tywod dros eu hesgidiau.

'Allan i'r cefn efo'r traed budr 'na,' dwrdiodd Elin.

'Mi fuon ni'n gweld y mulod,' eglurodd Eric.

'Ac wedi cario hanner y traeth adra efo chi, wela i. Cerwch allan i'r iard y munud 'ma.' Hysiodd Elin ei tri ŵyr drwy'r drws cefn fel praidd o ŵyn anystywallt.

Cododd Florrie ei merch ar ei chlun a chychwyn at y drws ffrynt. Bu bron iddi lewygu pan welodd y dyn mewn siwt frown wrth y drws.

'Pnawn da, Florrie fach.'

'Be' ydach chi isio?' hisiodd Florrie.

'Dy weld di, fy Florrie fach i. Ro'n i'n disgwyl croeso cynhesach na hynna.' Roedd ei lais yn llyfn fel sidan.

'Dydw i ddim, nag erioed wedi bod, yn Florrie fach i chi. Rydach chi'n codi cyfog arna i.'

'Wel, mi wyt ti wedi bod yn Florrie fach i rywun ers fy ymweliad diwethaf i, yn ôl be' wela i.' Gafaelodd yn llaw fach Maudie.

'Peidiwch chi â gosod blaen eich bys arni hi, y mochyn!'

'Roeddet ti'n ddigon croesawgar y tro diwetha, os ydw i'n cofio'n iawn.' Estynnodd ei law i gyffwrdd â'i hysgwydd a sylweddolodd Florrie gyda braw mor debyg oedd llygaid babanaidd Archie Edwards i lygaid mawr, crwn Eric bach. Carlamodd y tri chefnder ar hyd y pasej o'r gegin ganol ac allan drwy'r drws drachefn.

'Peidiwch â phoeni, Mam, rydan ni'n mynd i nôl Taid. Mae Nain wedi deud.' gwaeddodd Eric wrth droi yn ei ôl cyn diflannu rownd y gornel.

'Mam, ie? Fo ydy dy fab di? Faint ydy ei oed o? Pedair? Ein mab ni felly?' sibrydodd gan blygu ymlaen. Gallai Florrie deimlo sisial aflan ei anadl ar ei hwyneb. Meddalodd ei lais a'i ymarweddiad a lledodd y llygaid anferth.

'Nage siŵr,' arthiodd Florrie. 'Nid eich mab chi mohono fo. Mae ganddo fo dad. Dyn go iawn. Dyn na fyddai byth yn twyllo ei wraig fel mae hi'n amlwg eich bod chi'n ei wneud ar eich teithiau busnes. Plant siawns ymhob tref, faswn i'm yn synnu.' Poerodd y geiriau olaf yn ei wyneb.

'Dada?' holodd Maudie, gan afael â'i dwy law yn wyneb ei mam. 'Dada? Armi?'

'Sowldiwr bach ydy Dada felly?' holodd Archie'n wawdlyd.

'Ia. Fel y deudis i. Dyn go iawn. Tydach chi ddim yn y fyddin yn ymladd dros eich gwlad dwi'n gweld, Mr Edwards?' Am y tro cyntaf, cochodd Archie a mwmial rhywbeth am ei frest wan. Chwarddodd Florrie yn ei wyneb. Gwylltiodd Archie, gan afael yn dynn yn ei braich a'i throi'n frwnt.

'Paid ti â meiddio chwerthin ar fy mhen i, yr ast goman.' Camodd tuag ati a'i ddwrn arall ar gau ond ni chafodd gyfle i gyflawni'r symudiad gan i Ned afael yn ei freichiau o'r cefn a'i hyrddio ar y palmant. Gwaeddodd y bechgyn eu cymeradwyaeth.

'Dewch 'laen, Taid! Rhowch gweir iawn iddo fo!'

'Pwy ydy o?' holodd Eric mewn penbleth.

'Dwn i ddim – ond Taid sy'n ennill!' bloeddiodd Ffranci.

Rhowliodd Archie i'r gwter. Lluchiodd Ned ei fag ar ei ôl ac arllwysodd clytiau, potiau eli, poteli bach gwydr o hylifau a rhwymynnau o'i gwmpas. Cipiwyd stribedi gwynion o fandejis gan y gwynt er mawr ddryswch i'r gwylanod a nythai ar doeau'r tai uchel. Roedd yr olygfa o Archie ar ei gefn ynghanol y seimiach a'r teilchion mor ddigri â golygfa o un o ffilmiau Buster Keaton, meddyliodd Florrie. Cododd yn sigledig ar ei draed ac anelu ei ddwrn at Ned, heb sylweddoli fod y dyn bychan, gwydn, yn gryfach na'i olwg. Gafaelodd Ned fel feis yn llaw gaeëdig Archie, ei throi a gwthio dwrn feddal y trafeiliwr i'w wyneb ei hun nes tynnu gwaed o'i drwyn.

'Paid â thywyllu'r trothwy yma eto.' Siaradai Ned yn daer a thawel. 'Dydy tref y Rhyl ddim angen dy deip di. A phaid â mentro siarad efo Florence eto. Byth. Fi sy'n gofalu amdani nes y daw ei gŵr yn ôl o'r rhyfel.'

'Gŵr?' Gwich dila oedd llais Archie pan gaewyd y drws yn ei wyneb.

* * *

Am ddeng munud i bedwar ar ddiwrnod olaf Gorffennaf 1917 roedd meddwl Byrti ar chwâl. Cysgasai cannoedd o filwyr yn anghyfforddus ar fuarth fferm a oedd bellach yn adfail ac wedi'i feddiannu gan ei gatrawd. Llechai gweddill y Rhaniad Cymreig yma ac acw dros y fro. Gwyddai fod pymthegfed y Royal Welsh rywle i'r chwith ohono, a'r Gordon Highlanders i'r dde. Buont yn paratoi am y diwrnod hwn ers wythnosau – yn ymarfer lle a sut i symud mewn ffosydd ffug ymhell o'r linell flaen, yn dysgu pryd i fynd, i ble a pha gatrodau eraill fyddai o'r naill du iddynt; pwy fydden nhw'n eu cefnogi a pha gwmni a gludai nwyddau at bwy. Elfen bwysig o'r paratoi oedd gwasgu pob cynneddf wrthryfelgar o grwyn y milwyr newydd fel sudd o ffrwyth melys. Wedi'r dofi hwn, dim ond plisgyn o ddynion oedd ar ôl. Ceisiodd Byrti wrando ar y llais yn cyfarth gorchmynion terfynol: lladd Almaenwyr, dal carcharorion, gwthio ymlaen, dwyn tir. Eu nod heddiw fyddai ennill tiroedd a fu ym meddiant y gelyn ers dros ddwy flynedd, hyd at nant fach Steenbeck ger tref Langemarck. Dychmygai'r tanciau drannoeth, yn barodïau melltigedig o ymlusgiaid, yn poeri tân o'u ffroenau marwol heb ddim rheolaeth ynglŷn â phwy a drewid a hwythau'r troedfilwyr megis morgrug islaw. Gwyddai Byrti fod y llinell y disgwylid iddynt ei chyrraedd tua phedair milltir o'u man cychwyn, a chytunai'r bechgyn ymysg ei gilydd, yn dawel fach, ei bod yn dasg gwbl amhosibl. Collodd y Rhaniad Cymreig hyd at bedair mil o ddynion dros bum niwrnod ym Mametz y flwyddyn cynt. Gwyddent fod gan y Boche fyddin brofiadol. Byddin gref a didostur.

Estynnodd Byrti am ei Destament Newydd fel y gwnaeth cyn yr ymgyrch fawr y llynedd. Ddarllenodd Byrti ddim ohono erioed, heblaw am linellau cyntaf yr emyn olaf yng nghefn y llyfr: 'Onward Christian Soldiers, marching as to war …'. Cyn brwydr Mametz, canodd y bechgyn y dôn Aberystwyth ar eiriau Cymraeg nes bod eu lleisiau'n dyrchafu'n llanw o gyrion y goedwig i'r entrychion. Hoffai Byrti'r alaw, ac er na ddeallai mo'r geiriau daethai angerdd y mynegiant â deigryn i'w lygad y diwrnod braf, ofnadwy hwnnw pan gollodd Edwin a Seimon.

Neithiwr, ffarweliodd â Florrie a'r plant. Cusanodd eu lluniau'n ddistaw bach, paciodd ei focs trysorau a'i stympiau canhwyllau yn ofalus a gwthio'r cyfan gyda'i dun molchi i'r bag cynfas i'w lwytho yn y wagen yng ngofal y Cwartermaster. Edrychodd o'i gwmpas: darn amrwd o bren a'r geiriau To the Front a llun saeth wedi'u paentio arno mewn du, gwastatir diffaith Fflandrys lle nad oedd bellach neb byw, dim ond eneidiau dieithr, colledig. Dyma'i diwedd hi, meddyliodd. Byddai yntau cyn hir yn un â chreithiau dyfnion y siels a ddisgleiriai fel dagrau ar wyneb y tir. Dechreuodd fwrw glaw. Chwythwyd y chwiban – ymlaen â nhw.

Epilog

1919

Ar fore rhewllyd o Ionawr camodd gwraig fonheddig oddi ar y trên. Gwisgai het ddu wedi ei diogelu yn ei gwallt gan bin hir, arian, côt hir ddu a choler o ffwr llwyd tywyll yn ei haddurno. Roedd ei hesgidiau lledr duon yn dod at ei migwrn ac yn cau â rhes o fotymau. Du hefyd oedd ei menig drud o groen gafr. Syllodd ei chyd-deithwyr arni'n edmygus. Doedd Tredegar Newydd ddim yn derbyn ymwelwyr mor oludog yr olwg yn aml.

Arhosai cerbyd Buick gwyrdd tywyll amdani o flaen yr orsaf. Cyflwynodd ei thocyn i'r gorsaf-feistr a hebryngodd hwnnw hi at y cerbyd. Caeodd y drws gyda chlec feddal a symudodd y car ymlaen yn llyfn.

Wrth borth y fynwent amneidiodd y wraig ar i'r gyrrwr aros tra oedd llinyn o alarwyr yn gadael. Adnabu ei mam, bellach yn hen wraig fusgrell, yn cael ei harwain gan ei dau fab. Dringodd y tri i gerbyd a llithrodd hwnnw i lawr y rhiw am y pentref. Camodd y wraig fonheddig o'r car a cherdded drwy'r giatiau haearn i'r fynwent. Rhwng y rhesi beddau gwelai ddau ddyn yn rhawio pridd i dwll newydd. Tynnodd ei chôt yn dynnach amdani a cherdded ymlaen, ei thraed yn damsgen y graean a'i hanadl yn troi'n gymylau arian yn oerni'r aer. Roedd dafnau'r gwlith fel perlau o rew ar lafnau'r glaswellt. Curai ei chalon yn gyflym wrth iddi agosáu at y dynion.

'Ga' i funud, os gwelwch yn dda?' Cododd y ddau eu capiau'n barchus a chilio o'r neilltu am fygyn.

Roedd y bedd yn ddyfnach nag yr oedd wedi disgwyl iddo fod a chaead yr arch ymhell oddi tani. Dim ond ei chwarter oedd heb ei gorchuddio bellach. Daeth awydd sydyn arni i neidio i'r twll; i grafu'r pridd, i godi'r caead ac i edrych eto ar wyneb ei thad. I ddweud wrtho mor flin oedd hi'n teimlo am ei siomi. Gallai'n hawdd fod wedi rhedeg at ei mam a'i brodyr, eu cofleidio a chael ei derbyn unwaith yn rhagor yn ôl i gylch cynnes ei theulu. Ond aethai gormod o ddŵr dan y bont bellach a pharhaodd y dieithrwch yn rhy hir. Dros ugain mlynedd yn rhy hir.

Ffarweliodd yn fud â'i thad a chyfeiriodd y gyrrwr y cerbyd i ben y bryn. Roedd un gorchwyl arall cyn dychwelyd i Gaerdydd. Canodd gloch Fern Villa a sylwi bod amrannau glas o fleinds yn cau ffenestri'r siop bellach, am byth, yn ôl yr olwg ddi-raen ar y lle. Clywodd y gloch yn atseinio ym mherfeddion y tŷ, ac agorwyd y drws toc gan hen ŵr â siôl wau am ei ysgwyddau crwm.

'Mr Jenkins?'

'Ie. Dyna chi. Pwy sy'n gofyn?'

'Fi. Poli.'

Fflachiodd adnabyddiaeth a syndod yn y llygaid dyfrllyd.

'Poli fach. Dere miwn o'r oerfel.' Estynnodd ei fraich i afael yn llawes ei chôt i'w hebrwng i mewn.

'Sdim amser 'da fi i ryw hen nonsens. Croesawu'r ddafad golledig yn ôl i'r gorlan a shwt bethe. Ble ma' Byrti?'

'Byrti? Byrti pwy?'

Brathodd ei thafod. Roedd am ddweud wrtho ei fod yn

gwybod yn nét pa Byrti, yr hen ffŵl iddo. Ond tynerodd llais Poli. Doedd wiw iddi golli ei hamynedd waeth faint roedd yr hen ŵr yn dal i godi cryd arni wedi'r holl flynyddoedd. Roedd arogl cnawd a chnu defaid yn dal i hongian o'i gwmpas fel cwmwl. Cymerodd gam greddfol yn ei hôl.

Anadlodd. 'Rydych chi'n cofio Byrti bach? Mi ddaethoch chi â fe yma ar y trên rhyw ucen mlynedd 'nôl.' Rhyfeddodd sut yr oedd ei Chwmra'g ei hun yn dal mor llithrig a hithau heb ei defnyddio ers gadael y cwm. Ers gadael Byrti.

'O. Y Byrti yna. Dy fab di?'

'Ie. Dyna chi.' Haleliwia. Doedd e ddim yn hollol dwlali felly. Ynteu ai chwarae â hi oedd yr hen gadno?

'Ble mae e?'

'Ble mae e?' adleisiodd Cecil. 'Wedi marw, am wn i.'

'Wedi marw? Be' 'chi'n feddwl, wedi marw?' Camodd tuag at yr hen ŵr â bygythiad lond ei llygaid.

Safodd Cecil yn solet. 'Ma'r rhyfel ofnadwy 'ma wedi cipio cymaint o'n bechgyn gore ni. Siŵr ei fod e'n un ohonyn nhw. Beth yw'r ots, beth bynnag? Boenest ti ddim llawer yn ei gylch bryd 'nny.' Syllodd yr hen ddyn ar yr het ddrud wrth siarad, ac ar y bluen estrys oedd yn ei chylchu. 'Rwyt ti 'di gneud yn dda, yn do fe Poli fach? Busnes llwyddiannus 'da ti, weden i?'

Roedd Poli am ei dagu, ei ysgwyd nes bod ei esgyrn yn clecian a'i ddannedd gosod gwael yn sboncio o'i ben. 'Beth am y teulu? Ble mae Alfred yn byw?'

'Alfred? Pa Alfred?'

'Peidiwch 'ware 'da fi, Mr Jenkins. Wy'n moyn gwpod ble ma' Alfred.'

'Fysen i wedi bod wrth fy modd yn chwarae 'da ti, Poli

fach ... ers talwm.' Ceisiodd wenu arni ond camodd Poli tuag ato drachefn a'i llaw fel petai'n ymestyn i gydio am ei fraich. 'Sa i'n gwpod. Aethon nhw o'ma sbel fawr yn ôl. Sdim isie bod yn grac 'da fi, o's e? Ti'n cofio'r ffafr wnes i â ti? Sa i'n cofio cael unrhyw werthfawrogiad na diolch.' Lled-wenodd arni'n awgrymog.

Anwybyddodd Poli'r ensyniad. 'O 'ma? I ble?'

'Lawr y cwm fan'co.' Siglodd ei ben fymryn i'r dde.

'I ble, Mr Jenkins?' Anadlai Poli'n drwm. Gafaelodd yn ei fraich a'i dynnu ati.

'Sdim isie gwylltu, Poli fach. Ddylet ti fod wedi meddwl am hynny flynydde'n ôl cyn rhoi dy fab bach ar gornel yr hewl i rywun ro't ti'n ei gasáu. Ac yna troi dy gefen arno fe am byth. Ble bynnag mae Byrti, mae e'n haeddu gwell na dy siort di fel mam. Mae'n llawer rhy hwyr nawr. Os na alla i dy helpu di ymhellach, fe ddymuna i ddydd da i ti.' Tynnodd ei fraich yn rhydd o'i llaw. Dechreuodd gau'r drws wrth gamu i'r pasej ond trodd yn ei ôl: 'Fuest ti yn angladd dy dad heddi?'

Safai Poli'n wynebu'r drws caeëdig â'i hen baent gwyrdd yn grafiadau i gyd. Pliciodd ddarn ohono â'i hewin yn fyfyriol cyn troi at y cerbyd. Yr hen ffŵl.

Wrth i'r car deithio i lawr y bryn tua'r orsaf, saethodd llafn o haul gwan drwy'r cymylau a tharo'r rhedyn ar ochr y Foel.

Filltiroedd lawer i ffwrdd, camodd milwr ar blatfform gorsaf y Rhyl i freichiau ei wraig a'i blant. Tarodd pelydryn o heulwen cynta'r flwyddyn y medalau ar ei siaced gan wneud iddynt ddisgleirio fel sêr.